Dans un royaume lointain

Amina Richard

Dans un royaume lointain

Stock

Couverture : Le Petit Atelier

Illustration de bande © Marysia Machulska

ISBN 978-2-234-09397-3

Amina Richard est représentée par l'agence
Catherine Nabokov et Linwood Messina Literary Agency

L'histoire du soir est votre grand moment d'amour, ta mère y met tout son cœur de professeur, tu te pelotonnes dans le creux de son épaule et tu te régales du soin extrême qu'elle porte à l'intonation, elle te lit *La Chèvre et les Biquets*, la chèvre blanche, avant de partir au marché, fait ses recommandations à ses trois petits biquets, ils ne doivent pas ouvrir la porte avant qu'elle ait prononcé le sésame *Ouvrez biquets et foin du loup !* ni avant d'avoir reconnu sa patte blanche sous la porte, mais le loup a tout entendu et tu jubiles des pages à venir, cent fois relues, où il va contrefaire sa voix avant de se trahir, glissant bêtement sous la porte sa vilaine patte noire, et comme toutes les petites filles de ton âge, tu frétilles du plaisir d'avoir peur du loup pour de faux, parce que tu sais que l'amour maternel et l'obéissance filiale vaincront, alors de ta petite voix aiguë, tu répètes en riant *Ouvrez biquets et foin du loup !*, car le loup aura beau tremper sa patte dans la farine du meunier avant de revenir à la maison pour abuser les enfants, la poudre aura disparu dans sa course et c'est à nouveau sa patte noire qu'il présentera aux trois petits biquets terrorisés, et dans la douce chaleur de ta mère et dans sa bonne odeur, auréolée de ses cheveux blonds et de sa peau laiteuse, tu attends, tout impatiente, le coup de corne vengeur de la gentille maman chèvre qui balance à la rivière l'horrible loup, et après les rituels baisers, câlins, bonne nuit, fais de beaux rêves ma chérie, re-baisers et re-câlins, quand ta mère quitte ta chambre et que la porte se referme sur la fatigue heureuse qui a commencé à te gagner, tu remontes bien comme il faut le drap jusqu'à ton menton pour ne pas avoir froid, mais au bout de tes bras, pendent deux vilaines mains noires

Tu as quatre ou cinq ans et les métis sont encore si rares que vous avez dû vous habituer à vous faire accoster dans la rue par des faces attendries, qui s'interrogent sur les circonstances extraordinaires dans lesquelles tu as pu être apportée là, et félicitent ta mère pour son acquisition, la séquence est invariable, d'abord, le compliment, sous une déclinaison de *Quelle jolie petite fille !*, puis les questions gentiment intrusives, offensantes, où tu écoutes parler de toi à la troisième personne, *Elle est de quelle origine ? Vous l'avez adoptée ?*, ta cigogne de mère, flattée, revendiquant bec et ongles que tu es vraiment sa fille, alors dans un sourire de contentement pour avoir été d'abord ainsi remarquée, puis si bien défendue, tu enregistres poliment que ton origine n'est pas française

C'est la cantine, la cuisinière fume tous les jours à midi sa Gauloise dans la cour à l'entrée du réfectoire, elle fait sa pause entre la préparation du repas et le début du service, ongles jaunis, cheveux blond filasse aux racines poivre et sel, et pour toute tenue de travail, une blouse bleu roi dépenaillée laissant deviner ses cuisses variqueuses, c'est une vraie sorcière de conte pour enfants, mais ce n'est pas encore un conte, c'est ton enfance, tu as maintenant neuf ans, tous les jours à midi la vieille sorcière t'apostrophe quand tu entres dans le réfectoire, *Tiens, v'là Blanche-Neige !*, alors, pétrifiée de vexation et de colère sous ton air rigolard, tu restes incrédule qu'une école porte en son sein, impuni, un adulte si malveillant, et tu t'offenses d'autant plus que tu as déjà intégré, pour te consoler et te venger de ta disgrâce, quelques notions sociales décisives, de celles qui régulent à jamais nos fréquentations, mais aussi l'assurance de notre voix, de notre démarche et de nos certitudes, tu pressens que la vie sera comme ton école d'application de filles du centre-ville, il y a plusieurs sortes d'élèves dans la classe, il y a les élues, celles dont on chuchote respectueusement le nom du père, celles-là peuvent se permettre d'être mauvaises élèves mais le plus souvent elles sont parmi les meilleures, il y a celles dont tu fais partie et qui t'apparaissent normales, juste un peu plus dégourdies que les autres, qui s'ébrouent en tête de classe sans fournir le moindre effort et s'offrent le confortable frisson, en fin de trimestre, de se demander laquelle sera première, deuxième ou quatrième, cette pole position tendant à contrebalancer ta condition plutôt modeste, et puis il y a le gros de la troupe, dont tu ne parviens jamais dans l'année à retenir tous les noms, et enfin il y a les poupoux, qui tirent leur surnom des poux qu'on les suspecte d'importer régulièrement à l'école ainsi que de l'indigence répétitive de leur mise et de leurs résultats, et dont la vieille sorcière fait partie, la vieille sorcière n'est jamais qu'une poupou qui aurait grandi, et elle se permet sur ton passage des familiarités indues !

Mais tes copines et toi avez beau vous moquer d'elle, à la longue, une honte diffuse s'instille jusque dans tes os, un sentiment d'imposture plus fort que tous les bons droits, tu sais que tu n'es pas à ta place, non conforme, fautive, car souterrainement, tu reconnais le chuchotement désapprobateur de tout un chacun dans les vociférations de sa bouche édentée, le même qui affleure sous les voix émerveillées des institutrices successives qui louent ta précocité, heureuses d'évangéliser à bon compte une primitive si présentable, missionnaires laïques grâce à toi comblées, et dont la bonne volonté dégoulinante te renvoie toujours à une différence qu'à vouloir ostensiblement minimiser on décuple, alors au plus profond de toi, tu lui sais confusément gré, à la vieille sorcière, ta consœur en indignité, de si bien te déniaiser et de déchirer l'hypocrite cocon bien-pensant dans l'enchevêtrement de fils duquel, en quittant l'école primaire, tu es déjà depuis longtemps devenue raciste envers toi-même

La jeune fille qu'était ta mère n'a pas vraiment choisi d'avoir une liaison avec lui, elle l'avait remarqué bien sûr, sa taille haute et sa démarche de léopard en pleine savane urbaine, mais rien de plus ne lui avait traversé l'esprit, elle a simplement eu la candeur de s'épancher, en esthète, sur la beauté du léopard auprès d'un de ses amis, alors l'apollon d'ébène s'est intéressé à elle, ainsi elle s'est mise à remarquer à quel point il était réservé et l'éclatant contraste de son grand rire à gorge déployée lorsqu'il faisait le drôle, la froideur de son regard mais la clarté d'un sourire d'enfant qui pouvait lui échapper, la maîtrise de soi comme principe de vie, mêlée à une sensibilité incontrôlable qui affleurait parfois dans un raidissement qu'elle ne savait attribuer à aucune cause, tous ces fascinants paradoxes d'une personnalité, au croisement desquels on pressent une vérité fragile, une crête sur laquelle on se croit seul à pouvoir marcher, quand on tombe amoureux

L'institutrice demande si quelqu'un connaît les paroles de *La Marseillaise* et peut chanter pour la classe, oui toi !, vite tu lèves le doigt, tu aimes participer en classe, tu connais le premier couplet et le refrain par cœur depuis belle lurette, en voiture avec ta mère, dans la magnifique Coccinelle 1200 jaune canari qu'elle vient d'acheter d'occasion, vous écoutez des cassettes et vous adorez chanter pour raccourcir le temps, *Aux marches du palais, L'Homme à la moto, L'Aigle noir, Trois jeunes tambours, La Montagne, Ne pleure pas Jeannette, L'Auvergnat, À la claire fontaine, Les Sabots d'Hélène, Moi mes souliers*, et même *L'Internationale*, tu peux lui faire tout un récital à la maîtresse, il n'y a pas d'autres volontaires, tu es interrogée, tu te mets bien debout derrière ton pupitre, avec ta blouse d'écolière, un peu impressionnée tout de même de chanter devant tout le monde, tu entonnes avec ardeur, *Allons enfants*, et il t'apparaît soudain étonnant, dans le vertigineux silence où résonne ta voix et où vingt-cinq paires d'yeux t'épient, d'être la seule à connaître les paroles de l'hymne national, certaines filles ont dû se dégonfler, *Contre nous de la tyrannie*, ou peut-être est-ce un peu ridicule de chanter *La Marseillaise* ?, tu en connais deux ou trois qui doivent bien ricaner, surtout venant de toi, tu es la seule Noire de la classe et même de toute l'école, *Ils viennent jusque dans nos bras*, était-ce bien à toi de chanter ça, une vague de gêne te submerge, pire que d'avoir la braguette ouverte, tu voudrais n'avoir jamais existé, tu poursuis courageusement, quelle idiote tu as été, il faut toujours que tu veuilles trop bien faire, pourquoi n'être pas restée à ta place, *Qu'un sang impur abreuve nos sillons!*

Il fallait bien qu'elle soit amoureuse pour entreprendre l'aventure, elle n'était pas assez naïve pour croire qu'une telle mésalliance ne lui vaudrait pas quelques ennuis, même si cette rébellion silencieuse de fréquenter un étudiant noir, dans une petite ville de province, à l'orée des années soixante était, en soi, sa plus forte motivation, mais la meilleure justification possible, dans son monde de jupes bleu marine et de chaussettes blanches jusqu'en terminale dans un lycée catholique de jeunes filles, c'était encore l'amour de son prochain, même si au fond d'elle-même elle n'avait pas un si grand penchant pour ce qu'il était, le trouvant un peu trop sérieux, scientifique, carriériste, et le manque de fantaisie de sa conversation cartésienne renforçait irrésistiblement son attrait pour la création artistique, qu'elle plaçait au plus haut de son panthéon de jeune fille, quand lui, fils de commerçants pauvres d'un quartier pauvre de Dakar, s'était promis, comme unique horizon, la réussite à tout prix, par sa tête, son travail et son mérite

Tu es bonne élève, tu es douée en sport, douée en musique, douée en tout ce que tu peux, tu es une petite fille idéale, l'image que tu t'en fais, l'idée de ce que tu dois être, pour faire passer la pilule que ta mère n'avait alors pas pu prendre, docile, un singe savant, ta banane à toi c'est qu'on n'y trouve rien à redire, peut-être que tant de perfection te rachètera, te coulera dans le moule et dédommagera ta famille pour tous ces désagréments, non pas qu'on te fasse aucun reproche, tu es couvée, choyée, applaudie, même si on a eu un temps de retard avant de se réjouir de ton arrivée

Elle tombe enceinte d'un Noir, c'est l'automne 65, elle n'est pas mariée, ses parents, terrifiés par le qu'en-dira-t-on, tentent de conjurer le sort sur l'air d'*On te l'avait bien dit, ça fait trois ans qu'on te le dit !*, comme si des reproches rétrospectifs pouvaient remonter le temps, et au moment où le mariage s'annonce, on cherche à se rassurer sur la personnalité du futur gendre, une étude graphologique est commandée, qui arrive accompagnée d'une lettre de conseils de la part du spécialiste de l'écrit :

Le 11 décembre 1965

Madame,

Je comprends que vous soyez désolée de ce coup du sort. Ce n'est pas de gaieté de cœur que

l'on voit sa fille se marier avec un homme de couleur.

À l'analyse graphologique du prétendant, il est aisé de constater qu'il ne ressort rien de particulièrement mauvais. Les quelques défauts cités en tête sont innés chez ces gens de race noire. Je regrette que vous ne puissiez tirer de cette analyse des arguments plus valables.

Je vais cependant essayer de vous en donner.

Je connais très bien toutes les races d'Afrique occidentale et équatoriale, pour avoir passé chez eux quinze ans de ma vie. J'ai toujours désapprouvé les mariages entre gens si différents. Leur mode de vie n'est pas le même. En ce qui concerne la personne en question, il faut dire qu'il sort du commun, il est plus évolué, peut-être même est-il d'une famille qui vit à l'européenne.

Où vivront-ils ? En France ? Ils seront toujours le point de mire des curieux dans la rue. Au Sénégal ? Ils seront rejetés par les gens des deux races. Par les Blancs pour avoir épousé un Noir et par les Noirs pour avoir épousé une Blanche. Quelle est sa religion ? À son nom, je présume qu'il est de race ouolof et que sa religion est musulmane. Bien que les Noirs pratiquent cette religion avec élasticité et non de façon rigide et fanatique comme la majorité des Nord-Africains, il en reste toujours une base, qui est de considérer la femme comme négligeable.

Il est facile de constater l'engouement des Noirs pour les femmes blanches. Cela ne viendrait-il pas du fait que les Blancs qui vivent sur leur territoire sont des cadres, qui ont des postes de dirigeants et que de ce fait, leurs femmes sont inaccessibles ?

Ou bien, n'ayant pas oublié le régime colonial, ne cherchent-ils pas inconsciemment à jouer les héros du livre J'irai cracher sur vos tombes ?

Ou bien, plus simplement, est-il une preuve de richesse, de culture, de ramener chez lui une femme de cette couleur ?

C'est tout ce que je puis vous donner comme arguments pour essayer de convaincre votre fille.

Je vous souhaite d'y parvenir, pour vous comme pour elle.

Veuillez agréer, Madame, mes salutations distinguées.

La perspective du mariage ne tarde pas à s'éloigner, ta mère contemple incrédule son avenir, assombri, c'est un choix difficile, que ferait-elle de sa vie au Sénégal et que ferait-il de la sienne en France ?, serrons-nous la pince et quittons-nous bons amis, en tout consentement mutuel et sans rancune, ensuite, garder cet enfant, c'est un choix difficile, sans doute que l'avortement l'effraie, alors se débrouiller seule, tête haute, se passer d'un homme, finir ses études coûte que coûte, elle projette de t'appeler Ndiolé, c'est original, c'est joli, c'est exotique, elle aime cette sonorité, et en second prénom, comme le veut la tradition familiale, celui de sa grand-mère, elle pose les mains sur son ventre, tente de visualiser ta couleur parmi tous les dégradés de marron imaginables, pas trop foncé quand même si possible, et pour s'excuser de cette mauvaise pensée, elle caresse ton pied de quatre mois qui vient de lui décocher une drôle de sensation de bulle d'air à proximité du nombril, elle te parle, elle te berce, *Ndiolé, mon bébé, Ndiolé, ma chérie*, elle est sûre que tu seras une fille, peut-être commence-t-elle dès ce moment à te parler comme à une adulte, à te dire toujours la vérité, toute la vérité, rien que la vérité, elle accouche seule, à la maternité du cru, lisant l'opprobre d'être fille-mère dans l'œil offensé de la sage-femme, celle-là même qui ira déclarer ta naissance à la mairie et prendra sur elle, avec la bénédiction de l'employé de l'état civil, d'imposer, pour prénom officiel, des deux le plus chrétien

Elle est vaillante, la petite chèvre Blanquette, elle se promet malgré tout de t'appeler toujours par ton prénom, celui qu'elle a choisi dans son cœur, celui avec lequel elle t'a portée pendant des mois quand elle te parlait dans son ventre, celui avec lequel tu es venue au monde, elle prévient la lointaine Afrique de la naissance de la petite Ndiolé, et tu ne songeras jamais à t'interroger plus avant sur les échanges ayant mené à ce fameux consensus bilatéral finalement scellé, Blanquette retournant alors chez ses parents en quittant la maternité, car dans sa situation, où aller ?, les parents font comme la sage-femme et l'employé de l'état civil, soucieux qu'ils sont de te protéger, toi et ce qui peut encore être sauvé de respectabilité, ils optent eux aussi pour le prénom le plus présentable, Blanquette se rend, exit Ndiolé, tu n'es pas née depuis une semaine qu'on t'a déjà débaptisée deux fois, tu porteras définitivement le prénom de la grand-mère

Où a bien pu passer cette chère petite Ndiolé, où a bien pu passer cette petite fille que nul n'a souhaité accueillir ni aimer, évincée au profit d'une autre, bien conforme et bien sage, où est passée Ndiolé, s'est-elle perdue, est-elle repartie dans les limbes, petite âme flottant dans le temps suspendu de ce qui jamais n'advient, ou bien a-t-elle résisté, ronce de printemps, têtue comme ces fleurs des villes, si occupées à laisser couler en elles la vie qu'elles finissent, envers et contre tout, par transpercer les murs ?

Ta mère et toi, vous êtes copines, elle te dit tout, tu peux poser toutes les questions que tu veux, et il était comment, et vous vous êtes rencontrés comment, et pourquoi vous vous êtes séparés, tu connais les réponses par cœur, elles ne sont pas si nombreuses, ta mère ne sait pas tant de choses de lui, mais à l'âge de l'école primaire, tu aimes questionner régulièrement, il était grand et beau et intelligent, oui, il avait vraiment quelque chose de spécial que même son faux jumeau, qui était plus petit et trapu que lui, n'avait pas, d'ailleurs ils ne se ressemblaient pas tellement, oui, il avait une classe particulière, très élégant, toujours en costume, pour rigoler ses copains l'appelaient *Port de reine*, et au café, en face de la fac, s'il arrivait que le patron se plaigne des étudiants africains, trop bruyants, ou trop nombreux, ou trop noirs, il ajoutait immédiatement à son intention *Bien sûr, ce n'est pas pour vous monsieur Sow !*, alors tu tentes de te représenter ce que peut être un café d'étudiants et tu es secrètement fière de ce traitement de faveur, il était noir, admettons, mais mieux que les autres Noirs, avec le temps tu poses de moins en moins de questions, et comme ta mère t'a bien expliqué, depuis que tu es toute petite, qu'elle ne pouvait pas vivre au Sénégal ni lui en France, tu n'as pas l'idée d'en savoir davantage sur cette terre plus lointaine que la lune, ni d'en savoir plus sur rien, une frontière invisible borne ton imagination, au-delà de laquelle commence le vide

Le Noir, c'est toujours un homme, vit dans la rue, où il importune les passants pour vendre des babioles, balaye avec une touffe de branchages fichée au bout d'un manche, ou s'esquinte par tous les temps sur un marteau piqueur, le soir il rentre dans son foyer Sonacotra, où malgré la difficulté de sa condition, il est bon camarade, congénitalement heureux de vivre et hilare, comme l'attestent ses immenses dents éclatantes, perpétuellement visibles sous des lèvres démesurées, chaque occasion lui est bonne pour danser, et si on appuyait sur la touche « Africain » pour stimuler une image mentale dans ton cerveau, apparaîtrait un bon nègre souriant affublé d'un chapeau rouge à pompon sur fond jaune Banania, mais si tu te révoltes intérieurement, c'est moins contre l'injustice de ce folklore que contre celle, qui t'apparaît plus grande encore, de devoir y être assimilée

Jamais tu n'as eu l'occasion de fréquenter d'Africains, sauf cette unique fois où ta mère et toi partez pour quelques jours à Paris, rendre visite à une ancienne et chère amie de la période étudiante, Awa, dont tu entends parler pour la première fois, vous passez l'après-midi dans une petite cuisine modeste et sombre, ton attention s'égare au milieu du babil des deux femmes qui se confient et rigolent, la femme noire fourrage dans tes cheveux pour te faire des tresses, tu sens ses doigts épais, et le poids de son corps dans ton dos, elle est grosse, porte des vêtements exotiques dans les tons verts, un boubou sans doute ou simplement un pagne, souriante et chaleureuse, elle est noire comme toi, bien que plus foncée, et un sentiment inconnu s'insinue dans tes cellules, troublant, celui de pénétrer par effraction dans un antre secret où bouillirait le chaudron dont tu es issue, Awa régnera à tout jamais dans ta mémoire en matriarche, détentrice involontaire du mystère de ton origine au contact de qui tu aurais eu la grâce de te trouver, toi, jeune disciple insouciante, sans posséder encore le niveau d'initiation suffisant pour recueillir l'enseignement du maître

Ndiolé, indocile farfadet, virevolte, avec ses deux couettes rondes et crépues dressées sur le haut de son crâne qui surgissent au-dessus de la table, elle est si heureuse dans cette cuisine, c'est la première fois qu'elle ne se sent pas mise au coin, obligée de faire profil bas, c'est une folle permission d'exister, alors elle s'en donne à cœur joie, elle s'en contrefiche de sa petite jupe en velours orange et de son sous-pull jaune, de ses chaussettes bien remontées jusqu'aux genoux et de ses Clarks toutes neuves, elle saute dans les flaques à pieds joints et éclabousse les murs, elle grimpe aux arbres, elle chante à tue-tête, fait de la balançoire debout, casse une assiette sans faire exprès, elle joue aux billes, à la marelle, elle joue à l'élastique

Si tu n'avais pas la peau si foncée, tout le monde pourrait voir à quel point tu t'empourpres dès que la conversation accoste sur les rives de l'Afrique et des Noirs ou simplement du racisme, dans les cénacles lycéens éclairés que tu fréquentes maintenant et qui se font fort de dénoncer l'un et de défendre les droits des autres, il n'empêche, ton cœur se met à battre si violemment que tu redoutes qu'on s'en aperçoive à travers tes vêtements, tu évites de croiser les regards, tu ne participes jamais, tu ne donnes aucun avis, tu n'en as d'ailleurs aucun, tu ne sais pas de quel côté tu devrais te trouver, car tu ne sais jamais si les discoureurs te comptent avec eux ou parmi la minorité opprimée, et tu ne sais pas plus depuis quel camp, en toi, tu parlerais, parce que tu n'appartiens à aucun camp, tu n'as aucune légitimité à rien, tu baisses la tête en attendant que ça passe, comme pendant ces lancinantes heures de français sur Montesquieu, où tu es soumise à la torture de commenter en public, en prenant l'air le plus dégagé possible, *De l'esclavage des nègres*

Il se passe rarement une journée sans qu'un importun t'interroge sur ton origine, il y a les balourds qui sont pris en te voyant d'une sorte d'élan bienveillant, comme on caresse un chien dans la rue, et qui, presque avant de te dire bonjour, se sentent autorisés à t'apostropher, de but en blanc si l'on peut dire, ceux-là ne seront jamais tes amis, et il y a ceux qui ont la politesse d'attendre plusieurs minutes de conversation, après quoi ils t'ont témoigné bien assez d'égards et peuvent se permettre de te poser incidemment la question, tu les redoutes peut-être plus encore que les premiers, tu testes différentes réponses, selon les époques, française, suédoise, berrichonne, et pourquoi pas t'inspecter les dents pendant qu'ils y sont, d'ailleurs c'est ce qu'ils font, ils t'inspectent les dents, car tu sais par expérience qu'après la première question, de fil en aiguille, l'importun s'enhardira à demander plus, et si c'est un aussi beau pays qu'on le dit, et si tu vas souvent là-bas, ah bon ?, tu n'y es jamais allée !?, et tu te retrouveras à déballer en place du marché, sur le ton des mondanités, ce que tu as de plus intime et blessé, ce dont tu n'oses jamais te parler à toi-même, le centre inviolable de ton être, qui ne peut être évoqué sans qu'un tremblement envahisse ta colonne vertébrale, jusqu'à ta nuque affolée, qui entraîne ta tête dans un infime hochement involontaire

C'est une photo d'identité en noir et blanc, grand format, au liseré très fin, comme on les faisait dans les années soixante, une des rares que tu aies de lui, il porte une veste de costume et une cravate, sur laquelle tu as ajouté des traces de feutre bleu lorsque tu étais enfant, la photo était abîmée à cet endroit-là, une petite ligne claire où manquait le brillant du papier, sans doute avait-elle été cornée, tu avais voulu réparer, les traits fins, une élégance qui laisse espérer des qualités d'âme comparables, le regard qui ne se livre pas, et cette expression lisse, indéchiffrable, une défiance, une retenue qui n'étaient peut-être dues qu'aux conditions de réalisation du portrait, lui mal à l'aise ou le photographe un peu pressé, cette même retenue que, confortée par votre insolente ressemblance, tu opposeras toujours au monde, c'est promis, tu seras sage comme une image, au dos du portrait, cette phrase qui résonne étrangement en toi dès l'enfance, son passé composé t'excluant d'on ne sait quel « avant » inconnu de toi, tracée sur le papier jauni, d'une écriture régulière et pointue, à l'encre bleue, comme le feutre que tu as utilisé pour arranger la cravate, une phrase en l'air ou bien la marque de coquetterie d'un jeune amant de vingt-six ans qui se savait beau : *Comme j'ai vite vieilli*

Ta mère ne dit jamais de mal de lui, mais tu comprends intuitivement qu'au bord de chaque phrase, menace l'abîme, tu fais bien attention quand tu marches avec elle sur la falaise, et quand vous vous y trouvez, c'est toujours de sa part avec une bonne volonté un peu lasse, comme on évoque un souvenir trop lointain pour s'y attarder, elle distille alors distraitement quelques impressions presque oubliées, toujours les mêmes, et qui sont toute ton histoire, tu finis par intégrer qu'il était un peu trop sérieux et pas assez drôle, très intelligent, mais l'intelligence n'est pas tout, ambitieux, mais l'ambition n'est pas un but noble, ni spontané ni fantaisiste, et surtout, fuyant, louvoyant, il était *une anguille*, le terme te dégoûte un peu, d'abord tu n'aimes pas l'anguille, même assaisonnée de cette recette familiale citronnée, ensuite l'image de ce serpent d'eau visqueux ne présage rien de bon, et tu te montres insensible à la bonne volonté métaphorique de ta mère, qui peut-être n'ose pas dire plus crûment qu'il était menteur, ou lâche, ou pire, parfois elle te regarde et s'étonne de ton visage qui rappelle, trait pour trait, celui qui était alors le sien, et elle s'émeut, à moins qu'elle ne s'agace, d'une expression fugitive, un froncement de sourcil, ou cette façon que tu aurais de te mordiller la lèvre comme lui, et tu hésites, fière autant que honteuse de cette filiation indiciblement sujette à caution, tu grandis en considérant ton intelligence avec suspicion, mettant un point d'honneur à n'avoir aucune ambition

D'où faudrait-il que tu t'intéresses à l'Afrique, tu n'as que foutre de ce continent de traîne-savates, fuck tes *Roots*, de quelle compétence peuvent bien se réclamer ces psychologues de comptoir qui te conseillent de retrouver tes racines, de découvrir ton merveilleux pays, d'où sauraient-ils mieux que toi si tu as besoin de quelque chose et de quoi, tant de platitudes t'assomment, et depuis quand les Français se montreraient-ils si respectueux envers l'Afrique ?, pourquoi serais-tu éternellement une occasion de repentance pour descendants de colons en mal de réhabilitation ?

Le temps sera long, Ndiolé le sait, c'est long d'être toujours toute seule, à s'ennuyer, sans personne pour s'intéresser à elle, comme si elle avait fait quelque chose de mal ou comme si elle n'existait pas, personne pour la voir, même pas toi, alors elle joue à cloche-pied au bord des falaises, elle s'en moque de tomber, elle court après les abeilles, tant pis si elle se fait piquer, et heureusement, elle rencontre un petit chevreuil en manteau bleu affamé par l'hiver et la neige à qui elle offre une carotte, puis elle discute magie avec les fées et apprend les faits d'armes des chevaliers, rien ne presse, là où le temps n'existe pas, elle s'aventure un peu plus loin, la terre devient sèche et la végétation clairsemée, elle salue un zèbre et un alligator, les animaux sauvages sont ses amis

Pour contenter au plus vite les curieux et écourter la séance, tu réponds « Sénégalaise », le

Sénégal est ton unique origine, là où tu n'as jamais mis les pieds, là où tu ne connais personne, là où tu n'as échangé aucun sourire, aucun baiser, pas la moindre caresse, là où tu n'as pas de souvenirs, aucune image, aucun visage, aucun paysage, là dont la langue n'a pas bercé ton oreille, là dont tu ne connais aucun son, aucun conte, aucune chanson, là dont tu ne connais aucune odeur ni aucune saveur d'aucun plat, là est ton origine, tu procèdes du néant

A comme adolescence, *A, noir corset velu des mouches éclatantes*, noir corset de tes pudeurs et de tes peurs cruelles, gestes entravés, timidités étouffantes, ni punk, ni gothique, ni baba cool, tu dépasses naturellement du rang, surtout n'en rajoute pas, tu cherches à faire le tour de ton propriétaire mais la moitié des pièces sont fermées, et comment t'inventer fille sans avoir écrit ton mode d'emploi de séduction dans les yeux de l'homme de la famille, tu te rétractes et te retranches, t'éprends de poésie, tu es la Desdichadette, la ténébreuse, la veuve, l'inconsolée, protégée du monde du haut de ta tour d'ébène, tu te cuirasses plutôt que d'entreprendre ton œuvre au noir et explorer tes golfes d'ombre, qui sait quel démon s'agite sous ta face sombre et lisse, qui sait quelle déflagration anéantirait ton monde, si d'aventure tu t'autorisais un battement de cils noirs, qui porterait le péché de tes parents à leur place, comment te rachèterais-tu d'exister ?

Sans doute la jeune fille qu'était ta mère avait-elle, dès le début, aussi séduite fût-elle, pressenti l'impasse de cette relation, et elle faisait l'autruche, toutes les fois que son léopard manquait d'empressement et préférait l'étude à une sortie avec elle, organisant au cordeau son emploi du temps comme un ministre, poste auquel on lui proposerait un jour d'accéder, et prioritairement occupé à garantir un rendement maximal de ses années en France, distribuant, en second lieu, de l'attention à son amante, elle était trop jeune pour ne pas penser qu'il l'aimait, ce qui pouvait être vrai, quand en tout cas elle convenait à la situation, jolie, bien élevée, intelligente, huit ans de moins que lui et vierge, une opportunité très acceptable pour un musulman plus que modéré, passant à l'occasion au vin, trop rationaliste pour être croyant, et que n'avait pas encore rattrapé le joug social local, avec son chapelet d'obligations rituelles, culminant le vendredi à 14 heures, auxquelles il se livrerait quand nécessaire une fois rentré, par confort et intérêt, comme le médecin athée de la France rurale d'antan se montrait à la messe du dimanche pour préserver sa patientèle

Cette réticence diffuse qu'elle éprouvait, de ne pas réellement exister pour lui, d'être comme une case avantageusement remplie sur l'échiquier de ses projets, ce sentiment informulé de ne pas se tenir tout à fait à sa place, elle l'attribuait à sa personnalité à lui ou à leurs différences, alors qu'il était aussi le fruit de son indécision à elle, charmée de se contempler dans le regard d'un homme mais finalement soumise à une volonté qui n'était pas beaucoup la sienne, et pour finir, ayant simplement manqué d'expérience et de temps pour trouver ses propres appuis avant l'irréparable d'une naissance, avant d'effectuer le saut de côté nécessaire pour envoyer son prétendant continuer sa rectiligne vie hors de la sienne, comme il l'a d'ailleurs fait, la laissant embourbée à jamais dans le sillon de leur négligence et contrainte d'accueillir leur enfant, elle avait raté l'occasion de s'affermir sur une décision nette qui aurait été son acte fondateur, ainsi s'est-elle par la suite toujours montrée d'autant plus insoumise et résolue que sa forte personnalité reposait sur du sable, le sable beige et fin d'une plage de Ngor, au large de Dakar, où a été prise la seule photo existant d'eux, ensemble, jeunes, longilignes, et souriant à la vie, comme si le déni de leurs courants contraires pouvait les protéger du ressac

Dans la rue ou dans le bus, il arrive qu'un Noir pose sur toi une œillade intéressée, et quand il t'adresse ensuite la parole, se permettant de te tutoyer et de complimenter ta chair fraîche, c'est sans ambiguïté sur ses intentions, un Noir est un ogre, un engrosseur de femmes blanches, un Noir te fait peur, tu détestes les Noirs, tu détestes être noire, tu te détestes

Noir, e adj. (lat. *niger*) 1- Se dit de la couleur la plus foncée, due à l'absence ou à l'absorption totale des rayons lumineux, par opposition au blanc et aux autres couleurs. 2- Sale, crasseux. *Avoir les mains noires.* 3- Qui marque ou manifeste le pessimisme, la tristesse, le malheur. *Des idées noires.* 4- Inspiré par la perversité, la méchanceté, la colère. *Une âme noire.* 5- Fam. Ivre. *Être complètement noir.* 6- Qui est lié aux forces des ténèbres, aux forces du mal. *Magie noire.* 7- *Travail au noir* : activité non déclarée qui échappe aux réglementations. 8- *Caisse noire* : fonds qui n'apparaissent pas en comptabilité et qu'on peut utiliser sans contrôle. 9- *Marché noir* : trafic clandestin de marchandises. 10- Se dit d'un genre romanesque qui prend pour thème des aventures fantastiques ou horribles. 11- Se dit de la fiction, notamment policière, qui unit les scènes de violence à la peinture réaliste d'une société sordide.

Le temps sera long, Ndiolé le sait, mais rien ne presse, car elle sent couler dans son sang l'irréfutable ressemblance qu'elle a vue sur la photo, une rivière vive qui irrigue tout son être, un pacte silencieux qui l'engage tout entière, elle connaît l'existence de ce pays lointain auquel on appartient, auquel, toujours, chacun revient, là où chaque instant est sans limites, là où le silence a épuisé les sons, là où la lumière est si fine qu'on y verrait les yeux fermés, alors où qu'on soit, on se trouve là où on doit être, Ndiolé le sait d'instinct, elle retrouvera le chemin

Quand tu ris avec tes amis, quand tu révises tes cours, quand tu te lèves le matin, quand tu vas te promener, quand tu embrasses ton amoureux, entre toi et ta vie, tu peux sentir, presque à le toucher, l'invisible rideau de brume qui t'engourdit cœur et esprit, lorsque tu ne penses pas, tout en y pensant, sans y penser, à celui qui là-bas, dans la lointaine Afrique, n'existe pas, tout en existant, sans exister, et avec lui, la part qui te manque pour te lester au sol et donner consistance à ta mince silhouette, à côté de laquelle tu te sens flotter, tout entière orientée vers une absence organisatrice qui ne te renvoie que du vide, un point de fuite obsessionnel, par définition imaginaire, dans la perspective duquel tu t'es construite

C'est une fête de lycéens où on a prévu la quantité d'alcool en proportion de ce qu'on est capable de boire quand on n'a pas encore appris à s'arrêter, tu t'es réfugiée dans la salle de bains pour te rafraîchir et tu t'assois sur la baignoire pour tenter d'enrayer le roulis, lorsque tu découvres une fille qui t'observe dans la pénombre, à peu près ton âge, de longs cheveux noirs et crépus, le teint sombre, t'évoquant immédiatement ces portraits ethniques des débuts de la photographie, fixés par la curiosité des colons les plus aventureux, scènes de chasse avec porteurs nègres, femme à pagne et poitrine vêtue seulement d'un embrouillamini de colliers, regard hébété par le flash, bouche lippue, nez épaté, elle te fixe avec des yeux de sphinx, comme si elle avait été là de toute éternité, tu es stupéfaite de sa nature si étrangère, si totalement autre et inconnaissable, il te semble que tu te vois pour la première fois

Et tandis que tu t'amenuises inexorablement, tu adresses, avec un sourire bien élevé, un silencieux cri de rage à tous les anciens combattants se réclamant sans rire de l'Indochine pour te convaincre de leur goût pour l'exotisme, aux grands voyageurs du mois d'août de retour de leur formule complète sur les îles qui te demandent en connaisseurs si tu es martiniquaise ou guadeloupéenne, aux enseignants qui accompagnent ton éducation en prédicateurs convaincus d'une égalité illusoire, aux esprits progressistes qui contemplent en t'invitant à leurs soirées la preuve de leur universalisme, aux perroquets de la sémantique du jour grâce auxquels tu passeras de négresse à personne de couleur, à tes amis qui te gratifient de blagues racistes au nom d'un troisième degré rédempteur, à tes meilleures copines qui commencent pour te décrire par ton physique, à tes amants épris en ta compagnie surtout de leur propre audace, à celui et à celle qui t'ont mise en circulation dévaluée d'origine :

— Je vous hais tous indistinctement, de toute la force avec laquelle vous m'avez appris à me haïr.

Ndiolé, souple et gracile, se glisse tous les soirs dans la chambre, pour rien au monde elle ne manquerait une histoire, elle s'assoit sans bruit au bout du lit et là, elle pénètre dans un monde merveilleux, un monde qui existe sans exister, et une voix s'adresse à elle, rien qu'à elle, comme si elle était sa plus chère amie, sa sœur, Ndiolé l'écoute passionnément, et cette voix l'accueille, l'enchante et la berce, elle lui parle de choses qu'elle reconnaît dans son cœur, de ce petit chat perdu qui joue avec la lune avant d'être recueilli par des enfants, Ndiolé sait les histoires par cœur, chaque mot, chaque phrase, elle les murmure en même temps que la voix, *Bonsoir Lune. Veux-tu jouer avec moi ?*, la voix lui parle de ce petit garçon arrivé d'Espagne qui ne connaît personne dans la classe et sera invité à goûter chez un camarade, *Ami, le premier mot que j'ai appris dans mon nouveau pays*, la voix l'accueille, l'enchante et la berce, la voix habite dans des pages chatoyantes, sertie de merveilleux dessins, elle provient d'un ruban de signes noirs à l'apaisante régularité, flottant quelque part le long d'une marge ou dans un ciel, un ruban qu'on peut dérouler à loisir, encore et encore, chaque fois qu'on ouvre le livre, le ruban de signes attend qu'on le déchiffre, heureux de livrer sa magie, la voix est toujours là, Ndiolé n'est plus seule, elle est à la maison

Elle aime particulièrement les albums du Père Castor, chaque chose y est toujours bien à sa place comme il faut, de gentils papa et maman, de gentils enfants, elle qui n'a aucune famille et personne à qui ressembler, elle plonge avec délices dans le bain moussant, chaud et parfumé, de la vie comme elle devrait être, le temps d'un livre, l'amour, l'entraide et l'amitié viennent à bout de toutes les injustices, comme pour ces petites souris de la famille Rataton : le matin, M. Rataton *embrasse tendrement Mme Rataton* et *court dans la campagne* pour aller chercher des graines pendant que *Mme Rataton balaye les longs couloirs de sa maison, et quand elle a fini son ménage, elle va promener ses enfants*, mais en chemin les uns comme les autres subissent, avec grand désarroi, les moqueries du Zèbre, de la Girafe et du Singe, en raison de leur trop petite taille, ils font heureusement la connaissance d'*un lion très poli et qui sait parler aux bêtes plus petites que lui*, et contre toute attente, ils vont lui sauver la vie, oui !, ce sont bel et bien eux, si petits et si faibles, qui le délivreront d'un filet où il s'était fait piéger, alors il leur offre une promenade pour les remercier, tous agrippés à sa crinière !, Ndiolé exulte, quelle merveilleuse sensation que d'avoir pour monture un énorme lion et de parader devant tous ceux qui se sont moqués d'elle, ils font moins les malins maintenant, quelle grisante revanche que ce tour d'honneur, juchée sur le front du roi des animaux

Étudiante, tu apprends que les thèses de troisième cycle sont archivées pendant des décennies, sans doute est-ce le cas de celle qui occupa en France, il y a vingt ans, l'homme venu d'Afrique, il te serait facile de la consulter, cette perspective provoque aussitôt chez Ndiolé des poussées d'allégresse désordonnée, elle visualise déjà de futures embrassades, des Petits Poucets égarés dans la forêt qui retrouvent leurs parents après avoir échappé à l'ogre et des Hansel et Gretel courant dans les bras de leur bûcheron de père après avoir vaincu la sorcière, une douce exaltation cherche à envahir ta poitrine et tu es au bord de te laisser emporter, soulevée par l'inhabituelle amplitude de ton souffle, mais une inquiétude sourde te fait vite retomber, une terreur sacrée te rend incertaine de vouloir pénétrer plus avant en territoire tabou, ton instinct se cabre devant l'inconnu et la peur de détruire l'ordre, aussi insatisfaisant soit-il, et tu repousses, pendant des mois, l'initiative, pourtant sans engagement, de te renseigner au secrétariat concerné

À la bibliothèque universitaire, ta main tremble au moment de sortir de son long tiroir étroit la fiche de bristol blanc, format 125×75 mm, indiquant, en haut à gauche, le nom Sow en majuscules, puis le prénom Assane entre parenthèses, suivi d'un point et d'un tiret, dans une typographie présentant la pression irrégulière des machines à écrire de l'époque, à la ligne, un titre abscons, à propos de propriétés diélectriques, que tu renonces d'emblée à retenir, fascinée que tu es par la mention de la date que tu remarques maintenant, 1965, l'année de ta conception, et en attendant que le bibliothécaire rapporte des archives la thèse de doctorat, tout à coup tu prends conscience du silence studieux qui t'entoure, palpable, et du temps qui paraît s'être arrêté, comme cette poudre de lumière qui danse, immobile, en suspension au-dessus de l'alignement des sous-mains de cuir vert recouvrant la longue table en bois, Assane Sow a bien existé, et quand tu te saisis de la somme de pages jaunies qu'il a laissées derrière lui, tu les effleures d'abord à peine, de peur de les voir tomber en poussière, avant de les feuilleter, de les soupeser, éprouvant de tes doigts précautionneux leur existence pour mieux établir la tienne, alors l'étau qui enserre ta poitrine se desserre, tu tiens le livre de ta propre genèse

Il te faudra à nouveau des mois pour assimiler cette découverte, que tu tiendras prudemment au creux de ta main, comme un coquillage nacré si fragile que le plus petit choc pourrait l'ébrécher, le sortant de temps en temps de son tiroir pour le poser délicatement sur son étui de velours et le contempler, des mois d'atermoiements et de reculades, avant que tu n'oses faire un pas de plus vers l'incertaine réalité du monde, tu sais par ta mère qu'il est devenu professeur d'université, nul besoin d'une enquête de police approfondie ni d'un détective privé carburant au whisky pour le retrouver, un simple coup de téléphone à l'annuaire international te donnerait le moyen de vérifier, mais peux-tu impunément briser l'ordre des choses sans qu'un cataclysme déclenche le courroux d'une divinité maléfique endormie, ou pire, tu pourrais ne rien trouver, et s'il était mort ?

Il n'est pas mort, une connaissance de ta mère est mariée à un Sénégalais qui aurait côtoyé l'homme de la lointaine Afrique, dans les années où ils venaient de terminer leurs doctorats d'État et se croisaient en tant que professeurs invités au sein d'universités françaises, et ce Sénégalais aurait encore des nouvelles par des relations communes, tu te présentes pour boire le café avec le mari et sa femme, autour de la table basse de leur salon, pour évoquer le bon vieux temps que tu n'as pas connu, rendez-vous où tu te rends à moitié à reculons en raison du contrariant tremblement qui ne manque jamais d'envahir ta nuque à l'évocation de l'homme des lointains, ainsi donc le mari, emporté dès ton entrée dans la pièce par un grand éclat de rire, te confesse, après avoir calmé ses soubresauts, qu'il n'était pas très chaud à l'idée de cette rencontre délicate, ne sachant s'il devait croire à cette extravagante filiation, mais qu'un seul regard sur toi avait valu plus que tous les extraits d'état civil, et il t'apprend que son ancien collègue continue d'effectuer en France des séjours professionnels prolongés, qu'il est marié à une femme médecin et que tu as plusieurs frères et sœurs, dont une fille aînée à qui tu ressemblerais de façon frappante, même si tu es, de toute la fratrie, la plus proche du modèle original, tu bégayes intérieurement ces informations pour qu'elles parviennent à ton cerveau, il vient régulièrement en France, il vient régulièrement en France, et des éclairs de réminiscence de la conversation bombardent ton quotidien pendant des jours, tu as plusieurs frères et sœurs, c'est toi qui lui ressembles le plus

Ndiolé, sardonique, ajoute *nanananànère*, c'est elle, la vraie princesse, la fille préférée du roi, si heureuse à l'idée de récupérer bientôt sa couronne qu'elle improvise une fanfare sous tes fenêtres, jouant bruyamment de son tambour en bandoulière pendant qu'elle souffle à pleins poumons dans une langue de belle-mère, et produisant maintenant un tel tapage que tu entends clairement, pour la première fois, derrière l'invisible rideau de brume, une musique, une invite, quelle est cette ivresse intérieure, quelle est cette main amie qui t'attire dans le cortège pour que tu prennes part à la fête et que tu viennes danser ?

Tu as beau savoir que les premières générations d'étudiants sénégalais en France étaient promises à un bel avenir, tu as beau avoir en tête ce portrait, en costume avec cravate arrangée au stylo bleu, ta représentation des Noirs reste faite de *Y'a bon Banania* à pompons, seules figures qui t'aient été offertes pour remplacer ton absence de souvenirs et te protéger du vide, plus tard, tu te joueras de cette imagerie, piochant dans le livre infini des mythologies humaines pour écrire ta propre légende, mais pour l'heure, tu t'essaies à imaginer l'homme des lointains en version Léopold Sédar Senghor, seul contre-exemple porté à ta connaissance au temps des ondes ORTF de ton enfance, un intellectuel accompli, un homme respecté, et tu oses à peine te laisser aller à la fierté qui monte en toi, soulagée que la honte sociale n'ait pas à s'ajouter à la honte raciale, tu imagines maintenant un homme brillant, qui réussit dans le domaine qu'il a choisi, et tu te demandes pourquoi, après tout, il serait si méprisable de mettre son intelligence et son travail au service de son ambition, aurais-tu toi-même quelque valeur ?

Il te suffit de décrocher ton téléphone pour que le standard de l'université t'indique le numéro de poste du département où il travaille, et qu'on ait même la légèreté d'ajouter ses coordonnées personnelles, adresse et téléphone, en gage de professionnalisme, tu restes interdite devant l'insolente facilité de l'opération, ta montagne d'indécision et d'années de procrastination venant d'accoucher de la souris d'une réalité simple comme un coup de fil, et tandis que la silhouette africaine prend forme peu à peu, un élan incontrôlable gonfle ta poitrine, lui-même surpris d'oser naître, c'est elle, tu la reconnais, c'est la gamine du tambour, elle déverse en toi un espoir fou, une confiance absolue prête à tous les accueils, c'est une rivière vive qui irrigue tout ton être

Yes, my heart belongs to Daddy,
So I simply couldn't be bad !
Yes, my heart belongs to Daddy

Le jour où tu parviens à rassembler assez de résolution pour appeler le Sénégal, tu te demandes bizarrement, pendant les interminables sonneries à la sonorité étouffée caractéristique des appels internationaux, ce qui peut bien les assourdir, te représentant un entrelacs de câbles enfouis dans la mer, à des profondeurs si vertigineuses que le son serait comme anéanti par ces masses d'eau, et sans que ces questions incongrues te distraient du vacarme des battements de ton cœur affolé, tu parviens à passer l'étape du secrétariat, qui t'annonce transférer l'appel à son destinataire, le duo de pulsations téléphoniques et cardiaques reprend et s'emballe dans un crescendo insoutenable, accueilli par une voix aimable, qui répond *Prrrofesseurrr Sow*, et tu restes abasourdie par ces roulements de *r*, jamais tu n'avais imaginé qu'il aurait l'accent africain !, car jamais tu n'avais imaginé qu'il devienne réel, que quoi que ce soit surgisse du néant, tu te présentes comme étant la fille d'*Unetelle* qui était étudiante en même temps que lui, après un long silence, le nom ne lui dit rien mais le ton se fait de plus en plus hostile au fur et à mesure que tu apportes, pour l'aider à se souvenir, des précisions sur la ville, le nom de l'université, les années concernées, il convient avoir été étudiant à cette époque, mais répète n'avoir jamais *frrréquenté* cette femme quand tu en étais seulement à lui demander s'il l'avait bien rencontrée, et la voix, qui s'emporte, assène qu'il ne veut plus entendre parler de tout cela, qu'il ne veut plus jamais entendre parler de toi, et qu'il sera inutile de rappeler, avant que la communication soit brutalement coupée

Le choc est si violent que la scène s'efface pour ainsi dire de ta mémoire, quelques mois plus tard tu te demanderais presque si elle a réellement eu lieu, l'homme des lointains retourne dans les insondables abysses de ton désarroi, la Méditerranée est devenue plus infranchissable que tous les fleuves des Enfers, l'idée de la traverser ne te vient tout simplement pas, et si elle te vient quand même, alors, le tremblement dans ta nuque te signale que tu arrives en zone interdite, quant à la petite peste que tu distingues clairement maintenant, assise dans un coin, avec ses deux couettes rondes sur le haut du crâne, sa jupe orange et son sous-pull acrylique jaune, toi non plus, tu ne veux plus entendre parler d'elle, tu la mets au lit pour une grosse sieste, tu l'emmaillotes bien serré dans le drap de ton amnésie et tu n'oublies pas son doudou pour qu'elle ne se réveille jamais

Ndiolé fait des cauchemars, elle a peur, elle rêve qu'elle est toute seule dans la nuit, perdue dans la forêt, encerclée par des souris géantes qui veulent la prendre dans leurs filets, elle t'appelle, elle veut courir se réfugier dans tes bras, elle veut que tu viennes la consoler, la border, elle veut que tu lui lises une histoire, tu la laisses pleurer et s'époumoner dans son lit, jamais de la vie on ne t'y reprendra, elle peut se les remballer sa fanfare et son tambour, et son espoir fou avec, pareil pour sa confiance, tu montes la musique à fond pour ne plus l'entendre, tu mènes ta vie, tu finis tes études, te mets à travailler, fais des rencontres, t'installes avec ton amoureux, tu pars en voyage dans tous les pays de la Terre, à l'exception du Sénégal, elle finira bien par se lasser

Mais en vérité, maintenant que tu l'as repéré, son bruit de fond t'agace et te rend irritable, tu t'énerves pour des riens, ou tu tombes dans une mélancolie sans cause, et même quand elle met la sourdine, il y a comme un bourdonnement à ton oreille qui t'oblige à la vigilance, tu redoutes ses caprices et ses larmes de crocodile, un jour elle se vexe pour une réflexion anodine qu'on t'a faite et tu te surprends à ruminer pendant des heures, une autre fois, elle est si furieuse que le dernier plat du jour te soit passé sous le nez au restaurant qu'elle en renverse ton verre, ou alors elle te tire par la manche pour aller jouer dehors quand tu veux te concentrer, elle exige de manger une barbe à papa sans aucune fête foraine à l'horizon, n'importe quoi pour étendre son empire et régner sur tes humeurs, tu apprends à la maintenir à la périphérie, reléguée aux limites de ton champ de vision, tu parviens à l'ignorer quelques semaines, quelques mois

Parfois, un silence se fait, tout est calme, et si tu écoutais, tu l'entendrais qui chantonne, heureuse, pendant qu'elle cueille toutes les fraises du jardin de la voisine, tu l'entendrais casser des branches pour construire des cabanes, elle te donnerait des envies de champs de coquelicots qui chavirent sous le vent, tu t'allongerais dans l'herbe et tu te laisserais bercer par ta respiration, tu sentirais l'odeur de la terre et sa fraîcheur sur ta peau

Tu as déjà trente ans, une paille dans l'éternel présent de l'illégitimité, quand l'évidence s'impose à toi que tu dois maintenant le voir de tes yeux, une nécessité à laquelle tu ne peux plus te soustraire, sûrement les hormones, tu as l'âge et le désir d'être mère, ton amoureux et toi espérez un enfant qui ne serait pas, comme toi, issu d'un moment d'inadvertance, mais comment donner naissance à un enfant complet sans l'être soi-même, comment écrire un récit entier à partir d'une moitié d'histoire ?

Sans l'amour paternel, la vie vous couvre à l'aube d'une infamie qui durera toujours, une gangue d'indignité engonce vos élans, vous êtes si pénétré de votre insuffisance que vous réduisez vos prétentions pour ne pas usurper une place qui serait mieux occupée par d'autres, vous marchez alourdi du fardeau de la faute, votre sentiment d'imposture ne vous autorise à soutenir aucun regard, même quand on vous accueille vous supposez être importun, vous prenez les compliments pour de la pitié et si l'on vous aime vous ne le méritez pas

Ce que tu sais du personnage t'avertit de doucher tout espoir délirant de retrouvailles de conte de fées, mais dans tes bois intérieurs, ceux dont tu évites d'emprunter les sentiers, là où vivent cachés les monstres que nous engendrons nous-mêmes et qui sont plus effrayants que tous les

Minotaure, palpite en toi le désir inavouable de toutes les petites filles, tu veux qu'il n'aime que toi, qu'il te préfère à ta mère, que ce qu'il n'a pas fait pour elle, il le fasse pour toi, tu veux qu'on te rende la place qu'on t'a volée !, tu veux qu'il te suffise d'apparaître pour être applaudie, Ndiolé s'agite et piaffe, elle saute de joie sur le canapé avec ses chaussures pleines de terre, comment en serait-il autrement ?, elle a quatre ans pour toujours

Tu rédiges une longue lettre pour faire savoir ta venue, attention, ne pas le prendre au dépourvu, ne pas déranger, une lettre accompagnée d'une photo avantageuse, tu n'aurais pas mieux choisi pour une annonce de rencontre, le fait ne t'échappe pas et tu préfères en rire, tu racontes, bien comme il faut, tout ce qu'il est important de connaître, tes études, ton travail, mais surtout qu'il ne s'inquiète pas, tu n'iras pas chez lui, tu ne veux pas perturber sa famille, ni sa vie, tu le retrouveras discrètement à son travail, et puis tu veux seulement voir à quoi il ressemble, il faut te comprendre, c'est normal, après tu repartiras, tu n'attends rien de plus, qu'il ne s'inquiète surtout pas, tu rédiges une longue lettre pour faire savoir ta venue, tout en t'excusant de venir, sans t'en excuser

Et au moment où tu entreprends ton odyssée pour cette planète inconnue située au-delà de la lune, tu es pleine d'espérances aussi inquiètes qu'illimitées, mais surtout illimitées car si tu es honnête, ce que tu voudrais, c'est que l'homme des lointains t'offre rien moins qu'un remake de cette scène de la mythologie contemporaine essaimée dans le monde entier plus efficacement qu'une tragédie grecque, ce que tu voudrais, c'est qu'il te surplombe de son imposante silhouette noire et que, d'une synthétique voix de stentor passée à l'effet réverbération, il profère solennellement :

— Je suis ton père.

Alors, les bassons de l'illustre bande originale entameraient leur pompe impériale tandis que tu redresserais le front, et que, sûre de ton ascendance et de ta valeur, tu marcherais d'un pas conquérant vers ton destin

La chaleur est asphyxiante sur le tarmac de l'aéroport de Dakar-Yoff et une nuée de chauffeurs de taxi vous assaillent à la sortie, toi et l'homme qui partage ta vie, vous parvenez enfin à négocier le prix dont vous savez qu'il correspond à la course, tu ouvres le patchwork de tôles noires et jaunes qui sert de portière, ta vitre est bloquée en position semi-ouverte, poignée cassée, la voiture cahote sur la route défoncée, bordée d'une enfilade de baraques mal en point qui iront en se clairsemant dans le jour qui baisse, le long trajet est aussi désolé que tous ceux reliant un modeste aéroport à la capitale d'un pays qu'on appelle encore sous-développé, et pourtant, tu te sens immédiatement en terrain de connaissance, derrière l'appréhension de la nouveauté s'agite en toi une de ces joies mutines qui nous signalent que nous atteignons à un point vital, c'est Ndiolé qui sent l'écurie, elle remue les naseaux

Au restaurant, que vous avez choisi *authentique* et *bon marché*, et qui consiste en une salle d'un bleu passé, sans mur d'un côté, terre battue, quatre longues tables de bois rectangulaires surmontées chacune d'une ampoule électrique et flanquées de bancs branlants où se mêlent les nombreux convives, les conversations en wolof et les rires qui atteignent un niveau sonore étourdissant ainsi que la beauté des corps, magnifiés par les tissus aux couleurs saturées, composent une enthousiasmante scène de l'Afrique éternelle, à laquelle tu pressens que tu n'appartiendras jamais qu'en touriste, le capitaine grillé est délicieux et vous passez une bonne soirée, si ce n'est le prix, exorbitant pour l'endroit, que vous préférez néanmoins payer, pressés de rentrer, plutôt que de subir les épuisantes palabres dans lesquelles le serveur tente de vous entraîner pour vous convaincre de sa bonne foi

Dans votre hôtel de gamme intermédiaire, que le guide de voyage classe un peu vite dans la catégorie *Plus chic*, chambre correcte, moustiquaire sans accroc et ventilateur en état de marche, le bar extérieur, installé dans une agréable cour ombragée proposant une dizaine de tables en plastique vert, accueille nombre d'Occidentaux et voit défiler tard le soir, comme vous vous en rendez vite compte, des grappes de copines dakaroises, à la recherche d'un bon parti durable, ou même d'un médiocre ponctuel, pourvu qu'il soit français, et elles voient souvent leurs efforts de séduction couronnés de succès auprès des plus roués connaisseurs de l'Afrique et des relations avec la France, restées inéquitables toujours en faveur des mêmes, l'ensemble des parties semblant se satisfaire de ce marché dont personne n'est dupe, toi exceptée, qui te tiens également attablée dans la cour, dûment accompagnée de ton toubab et confusément humiliée par ce spectacle, à la distribution duquel, malgré toi, tu appartiens

Dès le lendemain, tu entreprends les opérations de repérage, une heure de pêche aux renseignements en quête du bon département, au sein du tentaculaire campus de l'université, pour apprendre que Monsieur n'enseigne plus car il a été « appelé à de plus hautes fonctions » et dispose de locaux et d'un secrétariat personnels, tu erres dans le nouveau quartier qu'on t'a indiqué et finis par trouver ledit bâtiment, deux étages, propret, tu guettes précautionneusement depuis le muret en contrebas, protégé des regards, que tu as élu comme poste d'observation, ne sachant plus, l'appréhension aidant, si tu souhaites réellement assister au surgissement de l'impensable, et pourquoi pas plutôt laisser les choses en l'état, un petit tour de Sénégal et puis s'en va, ce serait largement suffisant, visiter la pointe des Almadies, admirer les masques et les statues de l'Institut fondamental d'Afrique noire, acheter quelques grigris au marché Tilène pour rigoler, faire la traversée jusqu'à l'île de Gorée, pousser jusqu'au lac Rose, allez, pour finir une petite virée à Saint-Louis, et hop, honorées tes racines, voilà tu peux passer à autre chose, qu'est-ce que tu espères de toute façon, il y a peu de chances que tu sois bien accueillie, et qu'est-ce que vous auriez à vous dire ?

Mais Ndiolé ne l'entend pas du tout de cette oreille, elle veut son papa, un point c'est tout, elle veut avoir le droit de dire papa comme les autres petites filles, et qu'il s'intéresse à elle et qu'il lui fasse des cadeaux, à Noël et à son anniversaire et même tous les jours, elle veut qu'il lui apprenne à faire du vélo et à nager, qu'il la porte quand elle est fatiguée de marcher, elle veut lui faire le coup du petit regard de biche pour qu'il cède à tous ses caprices, elle veut qu'il la défende et qu'il la protège, elle veut qu'il l'aime, elle n'a que faire de ta méfiance, espèce de rabat-joie, dès qu'il la verra, il l'aimera, et peu importe qu'on ne puisse pas faire sauter sur ses genoux une femme inconnue, déjà trentenaire, pour lui chanter *À dada sur mon bidet, quand il trotte il fait des pets, prout et prout et prout cadet*, et peu importe qu'on ne puisse pas non plus lui faire des papouilles sur le ventre pour qu'elle éclate de rire, il n'y a jamais prescription à l'audience de l'enfance volée

En toi s'agite un besoin d'amour sans fond, terrifiant, vorace, un vortex affolé prêt à engloutir avec lui n'importe quoi, ce besoin d'amour dont nous attendons de l'autre qu'il le comble, ce besoin d'amour dont nous voulons croire que l'autre pourrait le combler, père, mère, frère, sœur, ami, enfant, amant, car nous voudrions tant être consolés de la perte de l'unité initiale, de l'irréductible solitude

Tu prends ton courage à deux mains et tu vas trouver la secrétaire de l'accueil, jeune femme opulente au magnifique boubou bleu irisé, occupée à s'indigner avec sa collègue de la punition infligée à son fils par la maîtresse et bien décidée à poursuivre son récit jusqu'au dernier détail avant de s'apercevoir de ta présence, elle t'annonce que Monsieur n'est pas là, qu'il passera peut-être aujourd'hui, ou demain, mais peut-être pas, deux heures de plus pour toi, sur le parking, à guetter chaque voiture, à ausculter chaque arrivant pour évaluer s'il est vraisemblable qu'il soit l'homme que tu n'as jamais vu que sur une photo prise plus de trente ans plus tôt, non, trop petit, pas lui non plus, trop jeune, vas-tu le reconnaître au premier coup d'œil, avertie par le chuchotement de la voix du sang, a-t-il seulement reçu ta lettre, envoyée à son domicile, ou a-t-elle été interceptée par une marâtre sans scrupule, le désœuvrement te donne enfin l'idée d'entreprendre le gardien, qui paresse dans la chaleur écrasante, aux abords de la guérite de l'entrée du parking, et tu apprends de lui que Monsieur dispose d'une voiture de fonction avec chauffeur, une Fiat Brava blanche, modèle que tu ne te représentes pas, ayant vaguement en tête une berline quelconque mais surprise d'une voiture si correcte au regard du parc automobile de la ville, néanmoins tu ne tarderas pas, après trois heures de guet supplémentaires, à en reconnaître immédiatement le moindre spécimen, grâce notamment à l'empilement caractéristique des trois petits feux horizontaux disposés sur les ailes arrière, de part et d'autre du coffre, la Fiat Brava paraît en vogue dans ce cénacle professionnel et la proportion de voitures blanches est sans conteste supérieure à celle de n'importe quelle autre couleur, il est vrai que c'est la première fois de ta vie que tu t'intéresses d'aussi près à la chose automobile, tu auras tout le loisir de poursuivre tes découvertes et de valider tes théories jusqu'au soir, et même le lendemain, car de Monsieur, que nenni, à quoi prétend-il donc travailler, éloigné de son bureau des jours entiers, la secrétaire t'aperçoit en quittant le bâtiment à la fin de sa journée et t'apprend que monsieur Sow est en déplacement et sera absent pendant trois jours

Ils sont tous noirs, partout autour de toi, les hommes, les femmes, les vieux, les enfants, les beaux, les laids, en pantalon, en pagne, en boubou, noir ébène, plus foncés que toi, mais noirs comme toi, comme tu t'en apercevais certains jours de fulgurance, et ils te ressemblent tous, tu crois te reconnaître à chaque coin de rue, comme quand on surprend fugitivement son reflet dans une vitrine et qu'on s'aperçoit avec un temps de retard qu'on vient de se croiser, en marchant dans les rues de Dakar, tu ressens pour la première fois cette inexplicable appartenance, et jusqu'à ses subtiles nuances, tu comprends ici pourquoi les rares Sénégalais de France que tu as pu croiser te reconnaissaient comme une des leurs, pourquoi, de *Nanga def* en *Mangi fi rekk*, il n'y en a jamais eu un seul pour te demander comme tout le monde si tu étais réunionnaise, car sans pouvoir te le formuler, tu sais pourquoi devant chaque silhouette, et dans la foule de sentiments contradictoires entraînés par cette évidence, domine, à ta propre surprise, un immense soulagement

Au fur et à mesure que le Sénégal prend vie, au hasard de tes promenades dans le grouillement des marchés ou le bric-à-brac domestique des baraques vétustes qui déborde sur les trottoirs, mille et une images nouvelles se bousculent dans ton esprit, une liste sans fin de questions qui fourmillent, mille et une histoires que tu aimerais qu'on te raconte pour ranimer ta mémoire vide :

Comment était la maison familiale ?
Qui y vivait ?
À combien dormaient-ils dans une pièce ?
L'humeur était-elle joyeuse ?
Y avait-il un puits ?
Qui allait chercher l'eau ?
Comment se lavaient-ils ?
Cuisinait-on à même le sol ?
Quel était son plat préféré ?
De quoi vivait la famille ?
À quel point étaient-ils pauvres ?
Est-ce que sa mère l'embrassait ?
Prenait-il des baffes quand il faisait l'imbécile avec son jumeau ?

La teranga est une spécialité locale que le Sénégalais est très fier de servir à ses hôtes, impossible d'entreprendre une conversation sans que soit convoquée la légendaire hospitalité envers le voyageur, décrite par les guides comme humble-chaleureuse-sincère-et-touchante, de fait vous en aurez plusieurs confirmations, comme dans ce village reculé, au-delà du lac Rose, éloigné du circuit touristique, où votre venue provoque un petit attroupement d'enfants curieux, bientôt rejoints par d'autres membres de leurs familles qui vous invitent rapidement à plaisanter et à goûter leur tiébou dien, vous discutez à l'ombre des auvents en paille d'une case, dont vous apercevez l'intérieur dépouillé sur un sol de terre battue, et alors que vous admirez la beauté des grands récipients sphériques posés au sol, un flot confus de voix, pressées de vous instruire, se déverse pour tout vous expliquer, on utilise une terre très spéciale grâce à laquelle la poterie garde l'eau au frais, et bientôt s'improvise une exposition de toutes sortes de poteries, apportées à la hâte des maisons environnantes, parmi lesquelles vous serez sommés de choisir un exemplaire chacun à emporter, on ne vous laisse pas les acheter comme vous tentez de le faire, on tient à vous les offrir

Tu quittes le village sous le petit air satisfait de Ndiolé, pas peu fière de ses frères et sœurs sénégalais et encore plus de t'avoir prouvé qu'il est si simple de se réjouir, de rejoindre le cortège pour aller danser, pas peu fière que la vie se mette à ressembler à ses albums et que l'amour, l'entraide et l'amitié viennent à bout de toutes les injustices, pour le coup elle n'a pas tort, c'était un bon moment, tu ferais pas mal de prendre exemple sur sa spontanéité et sa bonne humeur !, voilà que tu te laisses attendrir, elle en profite pour te demander un chewing-gum, non, pas au citron, un Dentyne à la cannelle

Au retour d'une de vos flâneries dans les différents quartiers de Dakar, un jeune garçon vous accoste alors que vous arrivez non loin de votre hôtel, le type lycéen des quartiers chic, bien à la mode occidentale, bien poli bien souriant, et le voilà qui s'envole dans un sidérant appel à l'aide, votre amie Fatou est à l'hôpital, c'est terrible, vite, elle a besoin de payer le taxi pour rentrer, elle a demandé qu'il vous contacte, il vient de sa part, il a accouru immédiatement, ce n'est pas beaucoup, seulement mille cinq cents francs CFA !, vous avez en effet passé l'après-midi de la veille avec une certaine Fatou qu'on vous avait recommandée, charmante, elle a négocié pour vous les prix au marché Sandaga quand vous avez acheté du wax et des bogolans, mais le temps d'échanger des regards méfiants sur cette invraisemblable histoire d'hôpital et d'évaluer qu'au nombre de Fatou au mètre carré dans Dakar, il pouvait bien tenter sa chance en espérant que vous en connaissiez une, ou peut-être l'avait-il vue vous raccompagner et avait-il appris son prénom, le temps que toutes ces idées vous traversent l'esprit et se remettent dans l'ordre, vous lui aviez donné l'argent jusqu'au dernier centime, avec ce sentiment de se faire arnaquer qui est déjà devenu une certitude au moment de mettre la main au porte-monnaie, mais qui s'avère curieusement inopérant pour interrompre le geste, comme si un phénomène d'inertie, dû à la répétition, obligeait cette scène immémoriale à aller à son terme

Il te revient en mémoire, pendant que, après cette mésaventure, tu sirotes un jus de bissap réparateur, ce conte prétendument africain et peu flatteur, l'histoire d'un jeune garçon, Épaminondas, qui rend régulièrement visite à sa marraine dans le village voisin, d'où il rapporte chaque fois un cadeau pour sa mère, non sans avoir bien écouté et compris de travers les conseils de sa marraine et de sa mère pour que le cadeau arrive en état, les appliquant avec un décalage dans le temps drolatique qui les rend inadéquats, ainsi pour ne pas abîmer le gâteau, Épaminondas le stupide le tient bien serré dans ses mains, comme le lui a conseillé sa marraine, au point de le réduire en bouillie, sa mère lui expliquant alors qu'il aurait dû l'envelopper de papier et le transporter sur sa tête sous son chapeau, c'est cette technique qu'Épaminondas met en œuvre le lendemain pour rapporter une motte de beurre, arrivant chez lui couvert de beurre fondu de la tête aux pieds, de même pour la galette de pain qu'il traîne par terre attachée à une corde comme il aurait dû le faire la veille pour le chien, et ainsi cinq ou six fois, chaque nouvel exploit, dans un comique de répétition appuyé, étant salué par la même incrédulité tout en rimes de la mère : *Épaminondas, qu'as-tu fait du bon sens que je t'ai donné à la naissance ?*, un conte qui invite chacun à réfléchir par lui-même, mais qui te fascine plutôt par la propension humaine qu'il pointe à répéter sans cesse les mêmes erreurs

Le ballet des voitures reprend sur le parking, pas de Fiat Brava à ton arrivée, deux heures passent quand elle se montre enfin, les trois petits feux sur les ailes arrière, blanche, mais le chauffeur est seul car, contrairement à ce que tu avais anticipé, c'est non pas de la voiture mais du bâtiment que sort le professeur un quart d'heure plus tard, ayant tout naturellement passé sa matinée à travailler, et toi la tienne, absurdement, sur le parking, grand, fin, élancé, la peau très foncée, une moustache imprévue, fine et grisonnante, qu'il ne portait pas sur la photo, et encore moins les cheveux poivre et sel, *Comme il a vite vieilli,* il y a deux minutes encore, avant de sortir de son bureau, il n'avait pas trente ans et le voici devant toi, les traits fanés et la silhouette déjà un peu voûtée, mais si étrangement familier, quoique tu mettes un temps à reconnaître le visage du jeune homme d'alors, familier par sa tenue, sa façon de se déplacer avec une certaine autorité tout en demeurant sur la réserve, quelque chose qui se refuse à être tout entier engagé dans la mêlée, une distance nécessaire opposée au monde, cette qualité particulière de présence, faite d'une part d'irréductible absence, qui est aussi la tienne

Lorsque tu l'accostes, tu t'aperçois qu'il est pris d'un infime tremblement qui lui secoue tout le corps et tu as le temps de lire dans ses yeux un moment de panique abyssale, une intime déchirure où l'homme respectable à la moralité irréprochable, habitué à se faire obéir, cherche vainement, pour reprendre appui, l'échafaudage de certitudes qui maintient sa vie debout, un enfant apeuré perce fugacement sous le cuir du sexagénaire arrivé, un enfant geignard au regard fuyant prêt à jurer mordicus à sa mère qu'il n'a pas tapé sa petite sœur, puis l'universitaire se reprend, une remontée d'assurance lui fait redresser les épaules et retrouver l'éloquence, mâtinée d'accent africain, du directeur de thèse, laissant presque échapper un sourire satisfait, de si bien surmonter cette épreuve, pour se dire tellement ému de ton immense ressemblance avec ta mère, dont le visage lui revient nettement en mémoire après toutes ces années en découvrant le tien, oui, il te regarde et il retrouve ses traits, il faudra lui transmettre son bon souvenir, ils ont en effet été intimes à cette époque, il l'a beaucoup aimée, il n'a jamais su cette naissance, vraiment quelle incroyable histoire, il a souvent séjourné en France pour son travail, quel dommage que cette situation, et jusque dans ta ville natale où il est retourné plusieurs fois, mais il est impossible de rester sur ce parking !, il va te raccompagner à ton hôtel, et joignant le geste à la parole, d'un claquement de doigts, il ordonne au chauffeur qui était occupé à discuter avec le gardien de reprendre ses fonctions, vous voilà installés à l'arrière de la Fiat Brava et un silence embarrassant s'installe, entrecoupé de bouts de conversation que tu peines à relancer, après hésitations de part et d'autre, vous paraissez vous accorder sur un inconfortable vouvoiement

À l'hôtel, attablés dans la fameuse cour, vous discutez plaisamment, tu fumes une cigarette et, toi qui en bois très rarement, tu as commandé une bière, te sentant sous son regard comme une Occidentale débauchée, peut-être l'as-tu fait par bravade, à peine née, déjà en pleine crise d'adolescence, car une sensation indéfinissable te retient, pourtant il se montre à l'aise et aimable, ses regrets reprennent quant aux nombreuses occasions où il a séjourné en France sans avoir idée de ton existence, bien sûr qu'il n'a jamais reçu ce courrier que ta mère lui a envoyé pour annoncer ta naissance, quel dommage, s'il avait su plus tôt, il évoque à nouveau, avec une tendre nostalgie, ta mère, qu'il tient en grand respect, t'interroge sur ta profession, la précision des questions indique qu'il a bien reçu et lu ta lettre et ne s'en cache pas, c'est un bon métier, ça doit être intéressant, est-ce que vous êtes mariée, non ?, il faut que vous y pensiez, c'est important d'être mariée !, est-ce que madame votre mère est mariée ?, lui est marié bien entendu, des enfants, oui plusieurs, mais tu n'en sauras pas plus, il préfère se montrer intarissable sur les curiosités locales que tu ne dois pas manquer, avez-vous déjà testé les spécialités culinaires ?, il n'y a pas que le tiébou dien, le maffé est délicieux et il existe de nombreuses recettes de poulet yassa, ne manquez pas de visiter l'île de Gorée, c'est un haut lieu de mémoire, finissant par consentir, à ta demande réitérée, à un rapide exposé sur les différentes ethnies africaines dont tu serais issue, un savant mélange de pêcheurs lébous et de commerçants toucouleurs, sans oublier des ascendants peuls et wolofs, des peuples tous aussi fiers les uns que les autres !, plaisante-t-il, mais, redevenant soudain très sérieux, il te fait savoir que c'est à dessein qu'il a utilisé le conditionnel, car après tout, qu'est-ce qui prouve que tu sois sa fille ?

La sidération dans laquelle te plonge le niveau de son impudence t'empêche de te concentrer sur la suite de son babil touristique, d'où émerge régulièrement le nom d'une des curiosités mentionnées dans tous les guides et, écœurée par l'odeur de bière éventée qui se dégage de ton verre, tu écoutes sans entendre, sonnée, ce pantin qui se serait mis à parler une langue étrangère, tu acquiesces mécaniquement au moment où l'intonation indique la fin d'un groupe de phrases, il parade maintenant, profitant de ton apathie, souriant, charmeur, il s'apprête à quitter la scène, sincèrement désolé d'être professionnellement trop pris les prochains jours pour une nouvelle rencontre, et il finit de t'endormir en te demandant ton numéro en France, tout disposé à te faire signe à l'occasion, un jour où ses affaires le conduiraient à nouveau dans le pays, tu lui donnes le numéro, de même que vous avez donné les mille cinq cents francs CFA à l'arnaqueur de rue, prise dans on ne sait quel engrenage tragique qui t'obligerait à boire ce calice jusqu'à la lie

Il est l'anguille, tu l'as reconnu à la seconde où tu l'as vu se défiler, le même qui t'a raccroché au nez dix ans plus tôt, à la seconde où tu l'as vu trembler, tu as compris qu'il a fui, qu'il a laissé ta mère à son sort, qu'il vous a laissées, tu as éprouvé devant lui tout ce que ta mère n'a pas dit, ce que tu devinais depuis toujours, sans que l'évidence trouve un chemin jusqu'à ta conscience, car les enfants qu'entoure un silence font en sorte de se borner à l'ignorance qu'on attend d'eux, la lettre de ta mère annonçant la naissance de la petite Ndiolé, contrairement à la version qui vient de t'être servie, ne s'est pas perdue dans les ruelles de la médina, le destinataire l'a bien reçue, comme ta mère te le confirme bientôt au téléphone, il n'y a aucun doute possible, car il a accusé réception, tu l'apprends maintenant, par l'envoi d'une somme d'argent dérisoire, pour solde de tout compte

Qu'elle était jolie la petite chèvre de M. Seguin ! Qu'elle était jolie avec ses yeux doux, sa barbiche de sous-officier, ses sabots noirs et luisants, ses cornes zébrées et ses longs poils blancs qui lui faisaient une houppelande !

Il est, comme promis, menteur, lâche ou pire, fuyant ta mère en apprenant sa grossesse, te raccrochant au nez lorsque tu l'appelles à vingt ans, mettant en doute sa paternité quand tu le rencontres à trente, à la longue tu n'es pas si surprise, mais c'est maintenant tout un flot de réminiscences qui vient irriguer ton dépit, tant de fois où tu n'as pas traversé le voile des approximations et des contradictions de ta mère, comment ça : qu'aurait-elle fait de sa vie au Sénégal et qu'aurait-il fait de la sienne en France ?, comment ça : serrons-nous la pince et quittons-nous bons amis !, en quoi tout cela t'empêchait-il de le connaître, de passer pourquoi pas des vacances avec lui en Afrique, pourquoi le contact a-t-il été totalement rompu, l'a-t-elle relancé après avoir reçu l'argent et il aurait fait le mort ?, a-t-elle coupé les ponts par écœurement ?, était-elle blessée au point de ne pas réagir ?, t'a-t-elle sacrifiée sur l'autel de son orgueil ?, tu commences à déglutir la trahison venue du côté d'où tu ne l'attendais pas, ta mère, *ta mère et toi vous êtes copines elle te dit tout*, *rien que la vérité*, ta mère t'a toujours menti, n'étant peut-être pas en mesure de valider la réalité par le fait de la nommer et parce qu'au fond, elle n'avait aucune envie d'aller s'enterrer là-bas avec lui, et à tout prendre, elle préférait encore se débrouiller seule plutôt que devoir se confronter à lui et l'obliger à être présent d'une façon ou d'une autre dans la vie de leur enfant, tant pis pour l'enfant, et cette prise d'indépendance qui ne disait pas son nom et dont la gestation s'était faite dans la peur, la colère, la tristesse, le désarroi et la culpabilité, tout cet enchevêtrement l'empêchait de dire clairement :

— Ton salopard de père s'est tiré.

Et cette phrase qu'elle n'a jamais prononcée est restée coincée dans ta gorge, étouffant toute révolte envers lui, qui était absous de sa responsabilité, étouffant toute révolte envers elle, qui n'y était pour rien, étouffant toute révolte envers la situation, prétendument limpide quand tu pressentais qu'elle n'était pas nette, tu as grandi dépossédée de tes propres sentiments dans lesquels ta mère avait jeté la confusion, sa confusion, tu t'es trouvée enfermée dans un entre-deux, errant dans un semi-mensonge sans accès à ta propre vérité, ta mère se délestant sur toi de son impuissance et préférant croire qu'elle se taisait pour ton édification alors que son silence empoisonnait ta croissance, son silence qu'il te reviendrait un jour de combler, le fait est que tes parents se sont, muettement, mis d'accord sur une forme de déloyauté envers toi

Te voici cocue, ainsi qu'on se sent quand on découvre ce qu'on a toujours su, doublement cocue, quand aux dénégations de l'un se sont ajoutées les omissions de l'autre, te voici placée devant l'évidence que tu ne connaîtras jamais cette jeune femme qu'a été ta mère, ni les sentiments et motivations intimes qui l'ont véritablement animée dans cette situation indésirable, pas plus que tu ne connaîtras les états d'âme ou non du jeune homme qui n'a pas voulu s'encombrer de ses responsabilités et qui ne le veut toujours pas, on ne connaît jamais ses parents

Tu n'entends plus Ndiolé, elle s'est blottie sur le canapé avec son pouce et son doudou, silencieuse, avec cet air vague qu'ont les enfants après une grosse journée, à l'heure où le jour baisse et transforme la faim en angoisse et la fatigue en tristesse, et sa tristesse te prend et t'envahit, de celles qu'on ne peut pas se contenter de remettre à sa place comme on le fait avec une bouffée de timidité ou d'exaspération qui nous surprend en public et dont on diffère l'exploration au moment où on sera seul, c'est cette tristesse qui ne se laisse pas endiguer, s'étendant depuis la poitrine comme une flaque brûlante dont il est impossible d'arrêter la progression, elle vient du fond des âges, du fond des âges premiers, avant la parole, avant même la conscience de soi, ou plutôt s'agit-il, précisément, de la première conscience de soi, découverte une nuit où une soif de nourrisson est restée inassouvie, un dimanche où des vagissements mélodramatiques n'ont pas eu raison de la grasse matinée maternelle, une tristesse sans fond qui se rejouera toute la vie, dans les grandes occasions mais aussi dans les plus futiles, et qu'aucun filtre, aucune pensée ne peut apaiser, elle enserre la gorge et attaque le ventre à l'acide, c'est une tristesse inconsolable, brute, primordiale, le sentiment d'abandon

Tu prends Ndiolé dans tes bras, longuement, le temps que vos respirations s'accordent, tu la caresses doucement, tu sais comment la réconforter, tu vas lui lire une histoire, elle s'installe bien dans le creux de ton épaule, voilà, tu commences la lecture de son album préféré, *Les Bons Amis*, et Ndiolé, fascinée, écoute les premières assonances, *Il neige tant et tant que les champs sont tout blancs, tout blancs*, captivée par ces sonorités dont elle pressent que l'harmonie obéit à une mystérieuse ordonnance, au plus froid de l'hiver, un petit lapin trouve deux carottes sous la neige et part en apporter une à son voisin le cheval qui a sûrement faim, ainsi se met en place une délicate chaîne de solidarité, qui verra la carotte passer de patte en patte avant de revenir au lapin, dans une réconfortante et complice récurrence de rimes, d'allitérations, de répétitions et d'anaphores, qui enchante et bouleverse Ndiolé, elle entend la magie secrète à l'œuvre dans l'entrelacement des phrases, une magie qu'elle voudrait connaître, ainsi, *dans la neige qui glisse et qui crisse*, chaque animal, reprenant presque mot pour mot les pensées et les actions du précédent, est d'abord occupé à manger, *Croque, croque, croque*, puis se trouve rassasié par sa maigre récolte, *Il n'a plus faim*, alors il se rend avec hâte chez son ami, *Court, court, le petit lapin !*, *Galope ! Petit cheval, galope !*, *Le gros mouton trotte, trotte !*, *Saute, saute, le petit chevreuil roux !*, il s'annonce, *Toc, Toc*, dépose la précieuse carotte à son ami qui la trouve en rentrant, *Qui me l'apporte ?*, puis va la déposer à son tour, et ainsi, Ndiolé, émerveillée, se laisse bercer par la musique de la langue, elle est chez elle au royaume des mots

Tu es heureuse de fuir Dakar, son peu de charme et sa pollution, plusieurs heures d'un train poussif pour venir à bout de quelque deux cents kilomètres et vous êtes à Saint-Louis, le rythme africain te gagne, tu n'as plus aucune urgence, laissée vacante par l'écroulement de tes attentes, égarée, vidée, tu aimes instantanément tout de la ville, la terre battue des ruelles, la lumière crue, le flux continu des habitants, enfants attroupés devant quelque curiosité, vieillards alignés sur un banc à discuter le long d'un mur ocre jaune, femmes majestueuses dans la répétition du quotidien, les chèvres qui vous bousculent, le désordre des échoppes, la précision ancestrale des artisans, et les façades décrépies, tu es toujours ébranlée par ces villes où le temps s'est arrêté, Saint-Louis-du-Sénégal, Pondichéry, Valparaiso, leurs noms aux sonorités luxuriantes comme une végétation tropicale et leurs ruines nostalgiques, ces villes figées dans la magnificence coloniale déchue, où vibre encore l'écho d'un âge d'or irrémédiablement révolu, comme résonne, en chacun de nous, la puissance enfouie de son propre passé

Vous consacrez quelques jours à parcourir les rues de la ville et les villages alentour, attendant des heures pour revenir à Saint-Louis, sans la moindre impatience, qu'un bus fasse le plein de voyageurs puis que quelques costauds le poussent et l'aident à démarrer avant de s'agripper aux portes et de monter en cavalant, vous faites halte ici et là pour observer longuement un ébéniste, discuter alliage et qualité d'argent avec un bijoutier ou tout apprendre de la généalogie de la famille Bancal grâce à l'indiscrétion d'un jeune serveur de l'hôtel de La Résidence, ici comme à Dakar ou à Gorée, pour les Sénégalais, tes frères, ta famille, ton pays, tu es une toubab, tu es la touriste, et parmi les touristes, la Française, toi et le grand Blanc avec qui tu te trouves là, vous êtes les enfants des colons, on vous réserve un bon accueil pas toujours exempt de détestation, tandis que vos émerveillements sont aussi bien teintés d'agacement, ces tiraillements mutuels culminant au moment de se prêter, pendant des demi-journées entières, au jeu des négociations pour l'achat d'une antiquité locale, autour d'un thé, parce qu'il faut bien s'amuser ensemble de l'iniquité du partage des richesses, et dans ces moments de rires partagés, tu es plus que jamais une toubab, ils ont bien raison, le pays tout entier te dit que tu n'es pas à ta place, tu n'en conçois aucun ressentiment et, surtout, tu as l'habitude

Qu'importe, au bout de la Langue de Barbarie, à la jonction de l'Atlantique et du fleuve Sénégal, tu te laisses enivrer par l'odeur marine, le vacarme des vagues et le cri strident des sternes, la luminosité t'aveugle alors tu vois l'infini, le vent salé façonne ta peau, les pieds plantés dans le sable humide, tu sens grandir dans tes jambes une force indestructible, le poids de ton corps inscrit, dans le paysage, une empreinte de géante, Ndiolé appartient à cette terre

De retour à Dakar, Ndiolé se remet à traîner son dépit et s'inquiète du départ qui approche alors que tu es maintenant pressée de rentrer et de passer à autre chose, son visage concentré te fait craindre qu'elle n'échafaude contre toute raison une stratégie de la dernière chance, comme quand elle est exténuée et refuse jusqu'au bout d'aller se coucher, finissant par tomber endormie à même le sol, elle se compose une mine de conspiratrice pour chuchoter à ton oreille qu'il reste une personne que tu pourrais rencontrer avant le départ, tu sais très bien à qui elle pense, tu commences à connaître son manège et la mesure de sa détermination, oui, il reste bien quelqu'un qui pourrait t'accueillir comme l'enfant prodigue et toute souffrance passée serait lavée, le faux jumeau, Ousseynou, *Si ce n'est toi c'est donc ton frère*, son prénom faisant la paire, selon la tradition musulmane, avec celui d'Assane, Ousseynou Sow, autant chercher un Jean Dupont en France, il exerçait un métier manuel dont ta mère n'est plus certaine, soudeur, menuisier, tu laisses dériver tes pensées vers d'apaisantes rêveries, bonjour, tu te présentes et le bon roi te sourit, il est assis sur la place du village, occupé à palabrer du matin au soir, à l'ombre d'un fromager, avec tous ceux qui viennent le consulter car il tient du grand sage, lui saurait te reconnaître, il imposerait sa large main sur ta poitrine et ton cœur s'ouvrirait comme une fleur d'hibiscus, mais l'annuaire étant ce qu'il est, les informations dont tu disposes étant ce qu'elles sont, tu ne trouves pas trace d'Ousseynou Sow dans la botte de foin africaine

Un mois et demi après ton retour en France, tu t'aperçois que tu es enceinte, la vie t'a exaucée, ton amoureux et toi êtes fous de joie, quelle couleur au croisement d'une métisse et d'un Blanc, à quoi l'enfant va-t-il ressembler, et si c'était un garçon, et si c'était une fille, vous vous retenez, par superstition, de dresser une liste de prénoms, il est trop tôt, à sept semaines seulement, bien vous en prend, car bientôt tes entrailles saignent, refusant cette apparence d'inceste, nulle Peau d'Âne ne souhaite en réalité remplacer sa mère dans la couche du roi, pas de mariage princier, pas de château, cet enfant n'aura pas lieu d'être, répudié pour avoir été conçu sur les terres de l'homme des lointains, ce voyage ne méritait aucun fruit

Mais à quelles noces peut-on jamais prétendre qu'à celles qu'on instaurera avec soi-même ou avec Dieu, Dieu ?, oui, *Notre Père*, celui qui *êtes-aux-cieux* et qui reconnaîtra les siens, comment te reconnaîtrait-il quand ta propre ascendance t'a reniée, toi qui es née marquée par la faute, comment entreras-tu au royaume de Dieu, comment sauras-tu trouver la joie, tutoyer les montagnes, les poissons et les rivières et rire, rire avec les hommes et les femmes qui sont tes frères et tes sœurs, pourquoi une si longue pénitence ?, quel est ce dessein impénétrable ?, Dieu, dans son infinie bonté, t'aurait mis un bon coup de pied au cul, il aurait pris le visage d'un bonimenteur africain récalcitrant pour te pousser sur le chemin de la Quête éternelle ?

Il y a déjà une dizaine d'années que tu n'as guère eu de nouvelles de Ndiolé et que tu n'as pas davantage pensé à elle, la croyant neutralisée à jamais, parquée dans quelque zone d'exclusion nucléaire intérieure où tu n'aurais jamais l'idée de retourner t'exposer, ta vie suit son cours harmonieux, remplie de mari, d'enfants, de famille, d'amis, d'activités professionnelles et de hobbies, quand soudain, ton travail te fournit l'occasion inattendue d'un séjour de deux semaines dans un premier pays étranger afin d'entreprendre pour un client une étude sur les bibliothèques, tu choisis, sans même t'en rendre compte, le Sénégal, une de ces impulsions qui ne transitent pas par le cerveau pour s'imposer, ta méfiance endormie, quelqu'un a pris les commandes, qui a longtemps attendu son heure dans le purgatoire de l'inachèvement, tu reconnais sa candeur, sa vivacité joyeuse, son attente démesurée et son effrayante résolution

Tu cherches des nouvelles de l'homme des lointains sur Internet et rebondis, de lien en lien, sur divers articles, pour ses soixante-dix ans passés, on lui donne toujours du professeur, il est chargé de mission, président de ci et de ça, honorifique, honoraire et émérite, il figure en photo dans un journal, fine moustache et cheveux désormais totalement blancs, la mine contrariée, il n'a décidément jamais aimé être photographié, et le même regard impénétrable que sur le portrait du jeune homme de ton enfance, ce jeune homme toujours plus irréel, toujours plus jeune et beau, tandis qu'avec le temps tu auras bientôt l'âge d'être sa mère

Ndiolé passe et repasse devant la fenêtre de ton bureau avec sa trottinette, tu suis le va-et-vient de ses couettes, qui balaient ton champ de vision de droite et de gauche, elle te nargue, tu sais très bien ce qu'elle a en tête, pas question de lui céder, non, tu n'iras pas voir l'homme des lointains, non, tu ne lui téléphoneras pas, comment peut-elle être si naïve, a-t-elle déjà oublié ce dont il est capable, oui, elle a sans doute déjà oublié, trop occupée à s'émerveiller d'un rien, à recompter pendant des heures les points d'une coccinelle, et maintenant elle essaie de t'embobiner avec un petit regard suppliant, menton calé sur le rebord de la fenêtre, tu te laisserais presque fléchir, car après tout peut-être a-t-elle raison dans son innocence, peut-être es-tu toi-même, par ta sinistre circonspection, responsable de ton sort, et la vie ne ferait que te renvoyer ton manque de légèreté, ces hésitations t'essorent, tu tires les rideaux pour soustraire Ndiolé à ta vue, non, elle ne te mènera pas par le bout du nez, inutile de tendre le bâton pour te faire battre, par pitié, Épaminondas, qu'as-tu fait du bon sens qui t'a été donné à la naissance ?

L'Afrique est une aventure en soi, nul besoin du professeur, tu te concentreras sur le plaisir d'être à Dakar, en toute liberté, débarrassée de cette quête perdue d'avance et disponible pour découvrir la ville autrement, tu n'y seras cette fois pas en touriste, mais pour raisons professionnelles, tu ne seras pas cantonnée à acheter des bibelots en boîtes de conserve recyclées, tu auras de vrais échanges avec de vraies gens, tu vas rencontrer de vrais bibliothécaires, de vrais conservateurs, des enseignants, des étudiants, tu partageras leurs lieux de vie, leurs activités, leurs questionnements, à toi le vrai visage de l'Afrique !

Mais quand Ndiolé débarque, quelques jours plus tard, avec un téléphone à cadran orange et qu'elle te tend le combiné pendant qu'elle a déjà l'écouteur vissé à l'oreille, tu lèves les yeux au ciel en signe de reddition et tu composes le numéro, préférant prévenir le professeur plutôt que le surprendre une fois sur place, même si, prévenu, il risque de se dérober plus facilement, partir opportunément en villégiature, dire qu'il n'est pas libre ou te faire répondre qu'il n'est pas chez lui, et c'est en effet une femme qui répond, voix grave et posée, sa femme peut-être, à laquelle tu indiques ton nom, avant qu'elle ne te passe ton interlocuteur, il marque un silence, comme à l'accoutumée, avant que ce nom lui rappelle quelque chose, finalement se souvient de t'avoir rencontrée, il y a très longtemps précise-t-il, tu lui annonces ta venue à Dakar pour une quinzaine et te proposes de l'appeler, quand tu seras arrivée, pour une rencontre, il y consent, ajoutant aussitôt qu'il te fera savoir à ce moment-là s'il est disponible, tu étouffes l'exaspération qui te gagne sous une calme politesse, pour suggérer qu'il lui est sans doute possible de se rendre disponible une fois tous les dix ans, il prend congé tout aussi poliment

Le bibliothécaire censé être ton contact et t'introduire auprès de la profession locale, grosse cinquantaine grisonnante, embonpoint et souffle court, est d'emblée mal disposé à ton égard, sa lenteur à se déplacer pendant la visite semble procéder de ses difficultés physiques autant que de sa mauvaise humeur à se trouver là et encore plus à te recevoir, il t'apparaît très occupé à attendre sa retraite et utiliser l'énergie qui lui reste à ce que rien ne bouge, votre premier entretien montre qu'il n'a nullement l'intention de se soucier de toi ni même de te faire rencontrer le moindre collègue, une forme d'accord tacite se dessine rapidement qui veut qu'il ne te demandera rien pourvu que tu fasses de même, tout au plus obtiens-tu l'autorisation d'appeler en son nom les interlocuteurs que tu auras toi-même identifiés, tu pourras te présenter en invitée de sa bibliothèque, et concernant le projet d'informatisation du lieu que tu prévoyais d'étudier, cinq minutes de consultation de la base de données te suffisent pour comprendre que l'informatisation du fonds, entreprise il y a deux ans et sans cesse interrompue pour toutes les raisons possibles, aura difficilement lieu sous son mandat, deux semaines relativement vacantes donc, pendant lesquelles tu auras la conscience professionnelle d'obtenir, sans son aide, assez de rendez-vous pour rédiger un dossier suffisamment fouillé, considérant qu'il est impossible de faire le tour de la question en si peu de temps et une quinzaine de visites et d'interviews

D'ailleurs le sujet, pour essentiel et passionnant qu'il soit, au fond, ne t'intéresse guère, car quoi que tu veuilles te faire croire, rien ne t'intéresse guère du Sénégal, si ce n'est l'homme des lointains, arbre immense bien entendu, écrasant la forêt, rien ne t'intéresse du Sénégal que tu doives obtenir par tes propres efforts, au lieu que cet héritage princier te soit offert par un monarque miraculeusement repenti, fier et heureux d'ouvrir pour toi son royaume et son histoire

Son arrivée en France a-t-elle été un arrachement ou une délivrance ?
Trouvait-il les Français râleurs et arrogants ?
A-t-il été pris d'euphorie en découvrant la neige ?
Ses études étaient-elles difficiles ?
S'est-il mis à la valse et au twist ?

Était-il un de ces tireurs sénégalais épris de conquêtes féminines ?
Était-il sincère ou cynique ?
A-t-il goûté la tête de veau ravigote ?
A-t-il eu du mal à se réacclimater au Sénégal ?
Combien de temps aura-t-il enseigné ?
Était-il apprécié des étudiants ?
Quand a-t-il rencontré sa femme ?
Quand est né son premier enfant ?
Est-il possible qu'il soit né avant toi ?

Dans la rue, ton pas méthodique te porte d'un rendez-vous professionnel au suivant en repassant par ta bibliothèque de rattachement, tu t'appropries la ville à des fins utilitaires, personne ne songe plus à te traiter de toubab ni à te héler pour te vendre des tee-shirts sénégalo-rastafaris, ta différence semble s'être estompée par la vertu d'un quotidien partagé, nombreux sont après tout les étrangers vivant à Dakar, tu es sans doute l'une d'entre eux, pas de quoi s'en émouvoir, cet anonymat te réjouit et t'apaise, devenue personne tu es devenue tout le monde, tu marches fièrement, foulant le sol de ton pays de plein droit, tu enfiles ton tout nouveau statut de locale, et miroir, gentil miroir, Ndiolé tourne et se retourne, pour savoir si elle est devenue plus belle

Une de tes premières visites est pour une école de banlieue défavorisée de Dakar, 1 600 élèves dans 22 classes, soit des groupes de 70, néanmoins plus studieux qu'une demi-classe en France, la salle de lecture propose une capacité de trente places, à rapporter à l'effectif global, et à peine quelques dizaines de livres sur les rayonnages, elle est tenue par une longue et timide bibliothécaire flottant dans un ample boubou beige, formée à la meilleure école du pays et employée à plein temps, des conditions extrêmement favorables au regard de l'essentiel des autres écoles qui n'ont simplement pas de bibliothèque, même si, comme te l'explique la bibliothécaire avec une nuance de résignation, le nombre de livres est d'autant plus dérisoire que le prêt est ouvert à l'ensemble du quartier, et elle ajoute qu'à ce jour, il y a plus d'un mois qu'elle est repassée à une gestion manuelle des prêts, avec des fiches cartonnées à l'ancienne, ayant pris acte que la panne de l'ordinateur était partie pour durer

Ndiolé a déjà foncé sur une chaise basse avec un album dans chaque main, d'un côté *Moi Sirou, chat sénégalais*, de l'autre *Vivi le Vent*, et pendant que la bibliothécaire t'explique la chance que représente le fait d'avoir pu acheter ces quelques titres locaux et récents, Ndiolé regarde les images, médusée par tous ces personnages à la peau marron qui n'ont jamais eu l'occasion de peupler son imaginaire et qui vivent leur vie le plus naturellement du monde page après page, quant à toi tu observes les centaines d'élèves qui déferlent maintenant dans la cour pour aller déjeuner en te demandant combien verront eux aussi leur vie enluminée par le goût de lire, car que serait devenue Ndiolé sans les livres ?

Le moment est venu de téléphoner, il y a déjà plusieurs jours que tu remets au lendemain, c'est le début de matinée, tu prends le temps de respirer pour calmer l'emballement de ton rythme cardiaque, tu bois un verre d'eau, tu philosophes à l'avance pour amortir la déception si personne ne répond, tu réfléchis à quoi lui proposer, un repas au restaurant ?, et surtout tu envisages différents scénarios de réponse s'il prétendait ne pas être disponible, mais toutes ces questions viennent se fracasser sur le mur de la réalité, il ne dit pas qu'il n'est pas libre, il dit, d'une voix odieuse où s'étrangle un hoquet offusqué, dans un terrible grondement : *Je ne vous rrrecevrrai pas, vous n'allez pas continuer à m'emmerrrrrder avec cette histoirrre, c'est terrrminé !!*, et il te raccroche au nez

Alors, une sainte colère te prend, je vais aller le trouver, je lui foutrai le nez dans la merde à cet enfoiré de connard, je déboulerai dans sa case à l'heure du tiébou dien, terminé les courbettes et les bonjour monsieur et si ça ne vous fait rien, je parlerai à sa femme, je secouerai le cocotier jusqu'à ce que sa respectable vie ne soit plus que ruines fumantes, transcendée que tu es par le reflux, dans tes veines, du poison primordial, la boue de la solitude, de l'injustice et de l'humiliation, je m'offrirai un carnage, je lui crèverai les yeux, sa cervelle lui sortira par les oreilles, ma gueule de sphinx avide disloquera son corps dans un râle de plaisir sauvage, je me désaltérerai du sang dont je suis issue et quand, blessé à mort, il rampera de terreur et suppliera, je bloquerai de ma patte énorme sa poitrine déchiquetée, tandis que du fond de mes entrailles retentira, jusqu'aux confins de toute savane, un dévastateur rugissement de puissance

Tu n'es pas loin du quartier de Fann Résidence où il habite, tu y vas à pied sans réfléchir et sans plan, il fait chaud, il fait toujours chaud dans ce putain de pays, la pollution rend l'air irrespirable, tu te trompes de direction et pars en sens inverse, pas de petits cailloux pour t'indiquer le chemin et pas de bottes de sept lieues pour enjamber les rues, une heure pour te retrouver à ton point de départ, c'est le moment que Ndiolé choisit pour te vriller les nerfs avec un de ses caprices, elle est fatiguée, elle veut que tu la portes, elle exige, là, tout de suite, un Fanta orange, nouveau venu dans la longue liste des sucreries imbuvables qu'elle affectionne, il y en a ici tous les trois mètres, le quartier est plus éloigné que ce que tu croyais, tu t'assois sur des marches d'escalier à l'ombre pour contempler l'étendue de ton infortune, le Fanta est plus ou moins frais, tu bois de grandes rasades avant qu'il ne devienne chaud, les bulles te brûlent l'œsophage avant de te plomber l'estomac, jamais de la vie on ne te reprendra à boire cette cochonnerie, tu es en sueur, tes chaussures sont couvertes de poussière, tu te relèves, tu tournes depuis deux heures, tu tournes depuis quarante ans et toujours pas de terre promise, tu as des visions de naufragés dans des coques de noix au milieu de la circulation, à bâbord un fruitier égaré attire vainement ton attention sur ses papayes, à tribord une femme assise par terre sur une natte empaquette des cacahuètes grillées dans des sachets transparents, le fruitier, la vendeuse de cacahuètes et toi, surtout toi !, vous êtes Sisyphe et son rocher, le Christ et sa croix, l'éternel recommencement, l'absurde, la fatigue et les larmes ravalées, les renvois de Fanta orange, la condition humaine, mais tu ne renonces pas, tu t'es lancée dans un de ces hauts faits personnels que nous devons mener à terme pour ne pas être détruits, ta vie est engagée dans cette bataille dont l'issue importe moins que le fait qu'elle soit menée, et tu trouves finalement le quartier, qui n'était pas si loin, plus chic, plus propre et calme que les alentours, pas de commerces, une enfilade de résidences cossues aux jardins arborés, tu puises dans ton abattement de quoi ranimer ta détermination, encore une hésitation avant de comprendre le sens du classement alphabétique et la numérotation des rues, tu es dans la bonne, tu regardes autour de toi et tu comprends que la grande villa blanche devant laquelle tu es arrivée est celle que tu cherches

C'est une élégante femme en boubou, dans la fin de la soixantaine, qui traverse la cour pour venir entrebâiller la porte, tu demandes monsieur Sow, elle dit reconnaître ta voix pour t'avoir parlé au téléphone quelques jours plus tôt, elle va aller voir s'il est là, et tu es prise d'une irrépressible envie de la suivre pour ne pas t'entendre dire si facilement que Monsieur est sorti, pourquoi diable Monsieur serait-il sorti, à soixante-dix balais passés, avec cette chaleur, et comment ne saurait-elle pas s'il est sorti, la maison est-elle si grande ?, tu te promets d'entrer quoi qu'il arrive, Monsieur sorti ou pas, et à la rigueur tant mieux, autant t'adresser à elle puisqu'elle ne peut qu'être sa femme, lorsqu'elle revient t'annoncer que son mari n'est pas là, tu lui fais savoir que tu t'es entretenue avec lui au téléphone deux heures plus tôt et lui demandes s'il lui a parlé de toi, non, dit-elle, étonnée, mais son sixième sens lui commande d'ouvrir plus largement la porte pour te laisser entrer

Il te hèle depuis le trottoir, alors que tu t'apprêtes à emboîter le pas à sa femme, il était donc bien sorti, et te fait signe de le suivre dans la rue un peu à l'écart de la porte, tandis que sa femme regagne la maison, *Vous êtes terrrrible !* sont ses premiers mots, et il répète que cette histoire est terminée pour lui, il n'est plus qu'un vieil homme, il faut le laisser finir sa vie tranquillement, tu vois venir le moment où il va se remettre à pleurnicher, il a beaucoup aimé ta mère, il avait beaucoup de respect pour elle, il lui a même proposé le mariage, c'est elle qui n'a plus donné de nouvelles et il a pensé qu'elle était avec un autre, maintenant il n'est plus sûr de rien, c'était il y a si longtemps, tout cela est terminé, mais moi je n'en ai pas terminé, tu crois m'avoir terrassée par ton minable enchaînement de coups tordus et de coups bas, mais mes jambes robustes piaffent sous ma garde haute, *I float like a butterfly and sting like a bee*, regarde comme je danse, mes questions sont mes poings, tiens, voilà déjà une première droite, je te demande pourquoi elle mentirait, ta pommette éclate, et si tu as vraiment l'audace de sous-entendre qu'elle collectionnait tous les Noirs de la ville, tu vacilles sous l'uppercut et tu t'écroules sur un genou, ose me confirmer que tu es bien en train de la traiter de pute, la justice divine et les animaux sauvages crient dans mon dos *Ali ! Bomayé !*, relève-toi vite, quitte cet air fuyant, cesse d'ânonner que ce n'est pas ce que tu as voulu dire, sois un homme, je te traite maintenant de menteur, soutenant ton regard scandalisé qu'on s'adresse à toi sur ce ton, mais qu'as-tu de si respectable pour attendre de la déférence, tu n'as pas de preuve que l'enfant ait été de toi ?, il n'y a personne pour en témoigner ?, tu mérites un crochet du gauche, je te propose un test ADN pour te rafraîchir la mémoire, quant aux témoins, il y en a au moins un dont j'ai connaissance, Awa, qui faisait partie de votre bande d'étudiants, elle a su cette naissance et de qui était l'enfant, Awa me rejoint sur le ring, son image engloutie depuis l'enfance remonte à mes côtés, avant la reprise elle panse mes plaies, essuie la douleur et le sang qui m'aveuglent, il y a bien un témoin, et toi, pensant balayer cet argument, tu réponds, sans aucune logique, que tu n'as pas vu Awa depuis plusieurs années, comme si cet éloignement pouvait invalider son témoignage, revoici l'enfant pris en faute qui croit qu'on ne le voit pas parce qu'il se cache les yeux, toi d'ordinaire si laconique, perdant toute lucidité dans le combat, tu m'expliques pour te justifier que c'est depuis qu'elle est en retraite que tu ne l'as plus croisée au laboratoire de recherche où elle travaillait, tu laisses inexplicablement échapper le nom du laboratoire et c'est cette information et elle seule, offerte par celui au monde qui avait tout à perdre à me la donner, qui sera la Clé d'or pour me permettre de tourner la serrure du coffret, soulever le couvercle, et découvrir s'il recelait un trésor

Nous sommes dans sa voiture, dont je remarque qu'elle est plus modeste que sa voiture de fonction d'antan, tous deux encore un peu groggy, il a repris ses esprits le premier pour me proposer de me raccompagner et me faire obligeamment quitter le seuil de sa maison aussi vite que possible, j'accepte à contrecœur, mais résolue à lui prendre un peu plus de son temps, je sens son regard rivé sur moi pendant que le mien, droit devant, ne quitte pas la route, tout le temps que dure le trajet silencieux, Ndiolé boude sur le siège arrière, elle a les bras croisés et les poings enfoncés sous les aisselles, comme l'infernal petit Pépé dans *Astérix en Hispanie*, qui retient sa respiration jusqu'à ce qu'on cède à ses moindres lubies, *Je suis fils de chef et j'ai droit à des égards, c'est papa qui l'a dit*, à la différence près que Ndiolé n'aura jamais eu droit à aucun égard, mon père, au moment de me déposer, tente un sourire d'excuse et me demande de le rappeler avant mon départ, je peine à retenir les larmes qui vont bientôt déborder de mes paupières alors que je lui demande pourquoi, pourquoi le rappeler avant mon départ et qu'il accroche délibérément mon regard pour me faire lire dans le sien une forme de tristesse ou de repentir, avant de me répondre :

— Pourrr se dirrre au revoirrr.

Fin de l'histoire, je ne rappellerai pas, cette fois c'est moi qui ne veux plus jamais entendre parler de lui, mais qu'est-ce qui m'a pris de lui coller au train pendant si longtemps, prête à japper de joie au cas où il me flatterait l'oreille, est-ce que j'espérais sérieusement qu'il allait se mettre à m'aimer quarante ans plus tard ou que j'allais nager d'allégresse dans la vague de son amour rétroactif ?

Pourquoi me fallait-il si obstinément un père, preuve en est qu'on peut s'en passer, peut-être que je voulais qu'on m'offre, à l'égal des autres petites filles, la panoplie de la famille idéale qu'on leur apprend à revendiquer, un père merveilleux encensé par une douce mère admirative, des générations entières hypnotisées par *Bambi*, comme Ndiolé quand elle ressasse son dialogue préféré :

— *Pourquoi est-ce que tout le monde s'est tu quand il est arrivé dans la prairie ?*

— Parce qu'il est respecté et que parmi tous les cerfs de la forêt, aucun n'a son expérience. Il est courageux et sage. C'est pour ça qu'on l'appelle le Grand Prince de la forêt.

— Pourquoi est-ce que tout le monde s'est tu quand il est arrivé dans la prairie ?

Toutes ces années perdues à être prisonnière d'un maléfice qui m'empêchait de laisser libre cours à ma colère, préférant la distiller en moi sous des formes détournées et toxiques, comme une homéopathie masochiste, un poison mortel inoculé à un rythme quotidien mais à des doses encore assimilables, toutes ces années perdues, déroutées du cours du présent par une épuisante attente larvée qui remettait ma vraie vie au lendemain, au jour hypothétique où tout serait rentré dans l'ordre et où j'existerais vraiment pour avoir été reconnue, toutes ces années dont j'espère qu'elles sont définitivement derrière moi, sa mort sera un soulagement

Mes visites en bibliothèques publiques, associatives ou scolaires, dans le primaire, le secondaire ou le supérieur, se suivent et se ressemblent, chaque interlocuteur apportant sa pierre, avec un fatalisme enjoué, à l'édifice des difficultés rencontrées, pas assez d'argent, pas assez d'ouvrages, de matériel, de formation, de maintenance mais la bonne volonté et le professionnalisme des personnels sont porteurs d'avancées, je prends autant de notes que possible pour pouvoir pallier, au moment de la rédaction, mon manque de concentration, mon esprit repasse, en tâche de fond, la joute matinale pour le plaisir de prolonger l'euphorie de mon fait d'armes, mais déjà mon intérêt décroît et pour le ranimer je cherche en moi, par habitude, la réserve de rage inexprimée qui me tenait lieu d'énergie, elle s'est évanouie, je cherche en moi l'obstination déraisonnable que je prenais pour une juste quête, elle s'est envolée, il ne reste qu'une immensité de vide

C'est un vide scintillant qui n'a plus rien à voir avec la substance épaisse du manque, l'atmosphère a changé de densité, c'est un vide léger comme une après-midi de vacances, volatil comme l'insouciance, je titube un instant, convalescente découvrant qu'elle n'a plus besoin de béquilles pour marcher, finalement, être élevée sans père aura eu pour vertu de me pousser à arpenter la diversité des territoires de l'absence, une facétieuse boussole qui aurait fini par m'indiquer les confins du néant primordial, celui qu'aucune autre personne ne pourra jamais combler, père, mère, frère, sœur, ami, enfant, amant, aussi repus d'amour puissions-nous être, le vide où pétille la lumineuse réminiscence de l'indivisible, le vide constitutif qui est peut-être l'endroit où nous trouverions notre plénitude d'être humain si nous acceptions de nous y établir

Ndiolé ne me lâche plus d'une semelle, elle se doute qu'elle pourrait bien retourner au placard, elle boude encore à moitié, me tient la main et râle parce que je marche trop vite, elle veut que je lui achète un roudoudou à la menthe, un roudoudou !, au fin fond de l'Afrique !, sans compter qu'à tous les coups, ces cochonneries n'existent plus depuis au moins vingt ans, mais est-elle seulement au courant que les écoles sont devenues mixtes ?, je ne sais pas quoi faire d'elle, d'un côté je voudrais l'expédier au diable et qu'elle cesse de me tyranniser avec ses exigences étriquées, ses chagrins disproportionnés, et qu'elle cesse de me conduire d'échec en échec avec ses espoirs irréalistes, d'un autre côté je la tolère comme un mal nécessaire, un membre de la famille proche avec qui on est, de gré ou de force, lié pour la vie et dont on ne peut qu'accepter les faiblesses d'un haussement d'épaules indulgent, un grand-père sourd comme un pot, une cousine reine de la gaffe, et puis elle finit par m'attendrir, elle est si petite, qui d'autre que moi pour veiller sur elle, n'est-elle pas ce que j'ai de plus précieux, avec son indécrottable aspiration à l'amour, mais où veut-elle en venir ?

J'essaie de ne pas trop l'entendre, occupée qu'elle est maintenant à répéter en boucle des bouts d'histoires échappés des albums qu'elle a entendus, des bouts de phrases auxquels elle ne comprend rien et qu'elle déclame comme des incantations, ensorcelée par les sonorités incongrues que peuvent prendre des mots privés de leur sens :

La chétive pécore s'enfla si bien qu'elle creva.
La chétive pécore s'enfla si bien qu'elle creva.
Tire la chevillette et la bobinette cherra.
Tire la chevillette et la bobinette cherra.
Sonnez les matines !

En fin de journée, c'est avec une calme certitude que je m'active à contacter Awa, me réjouissant de rencontrer celle qui incarne mon petit souvenir heureux d'Afrique dans une cuisine de banlieue parisienne, la bonne fée qui se penchera sur le berceau de ma renaissance, l'amie avec qui partager un moment d'humanité, j'appelle le laboratoire pour obtenir ses coordonnées, mais la bonhomie sénégalaise qui, dans le passé, fournissait à quiconque les coordonnées de n'importe qui, s'est muée en une défiance administrative infranchissable, non, on ne peut pas me donner son numéro, alors j'insiste et je ruse, pressentant peut-être l'étrange phase magique qui commence, je charge la préposée au standard de demander à Awa si elle accepte de transmettre ses coordonnées à la fille d'*Unetelle*, qui était son amie en France quarante ans plus tôt, en proposant de rappeler pour le verdict cinq minutes plus tard, ce que je fais, prenant néanmoins soin, pour éviter toute nouvelle déception, de me mettre mentalement à l'heure africaine, Awa pas joignable, la réceptionniste qui met trois jours à s'acquitter de sa mission, pas de réseau quand je relance, mais quand je rappelle cinq minutes plus tard, la standardiste s'excuse rétrospectivement de n'avoir pu contrevenir au règlement car Awa est folle de joie à l'idée de me rencontrer, abracadabra !

J'appelle Awa qui, trêve de palabres, m'attend chez elle dès que possible, où elle me reçoit, quinze minutes plus tard, dans un déchaînement d'effusions, d'embrassades, de rires et de larmes, et quel bonheur de me rencontrer !, et comme je suis belle !, et comme elle est heureuse, et elle pensait hier encore à ma mère avec qui elle a toujours souhaité reprendre contact, mais la vie passe si vite !, quelle joie, laisse-moi te regarder ma petite Ndiolé, laisse-moi t'embrasser !, et déçue d'apprendre que je porte désormais un autre prénom, elle continue à me presser contre elle, alors, enveloppée dans ce plantureux corps surmonté d'un regard bienveillant, je me sens, l'espace d'un instant, rentrée à la maison au terme d'un long voyage, je me retrouve dans la cuisine, assise sur mon tabouret, dans l'intimité de cette inconnue en boubou vert qui caresse mes cheveux en refaisant le monde et les hommes avec ma mère, pendant que Ndiolé s'est tout naturellement remise à grimper aux arbres et à jouer à la marelle

J'attends, incrédule, devant mon jus de goyave agrémenté de glaçons à l'eau minérale que son petit-fils est allé chercher à l'épicerie du coin, qu'Awa m'apporte la lettre où ma mère lui annonce ma naissance, lettre dont j'ignorais l'existence et qu'elle est heureuse et fière de me montrer, conservée à portée de main depuis quarante ans, dans un appartement au deuxième étage d'un immeuble entretenu, mais avec une vue sur un carré de bidonvilles de tôle dont Awa a cru devoir s'excuser, des pièces si vides qu'on daterait l'emménagement de la veille, une des chambres comporte une petite armoire et deux ou trois matelas superposés qu'on doit préparer le soir venu pour des couchages, au salon deux grands canapés et une imposante télévision, dans la chambre conjugale, en plus du lit, une commode et une bibliothèque un peu encombrée où était sans doute rangée la lettre, ma mère apprend donc à son amie la naissance de la petite Ndiolé et lui fait part de ses craintes quant au silence d'Assane après qu'il a reçu la même annonce, c'est l'écriture que je connais, à peine moins affirmée, un ruban de signes bleus à l'apaisante régularité, bien alignés le long de la marge, et qu'on peut dérouler encore, quarante ans plus tard, je tente, comme je l'ai souvent fait, de visualiser ma mère jeune femme, retardant le moment de prendre la mesure de sa situation, et mon émotion devant la lettre est décuplée par le fait qu'elle soit maintenant entre mes mains, par-delà les décennies, préservée dans l'océan de la vie d'Awa, mariage, enfants, déménagements, contre vents et marées, Awa n'a pas gardé grand-chose, mais elle a gardé cette lettre

Awa me raconte le temps jadis, son amitié avec ma mère, la petite bande de copains sénégalais immigrés, la vie en province avant qu'elle s'installe à Paris avec son mari Ibrahima, elle se souvient pour moi du café d'étudiants près de la fac, de ma mère si jeune, son amie de cœur, de leurs confidences sur leurs amours, de la rareté que représentait alors un couple mixte et du si beau couple qu'ils formaient, puis elle s'indigne et s'offusque au fil de mon récit, lorsque je lui raconte la première rencontre dix ans plus tôt, mais aussi le coup de téléphone et la dispute de la veille et le refus obstiné au long des années, Awa insulte, conchie et maudit, puis éclate de rire en apprenant grâce à quelle incroyable gaffe j'ai pu la retrouver, avant d'attraper son portable et de s'excuser un moment pour un coup de fil urgent à passer, en wolof, je l'aperçois qui me tourne le dos dans l'embrasure de la porte de sa chambre à coucher, illuminée par son boubou jaune vif, assorti au volumineux foulard qui pare ses tresses, elle me rejoint bientôt dans le salon, et m'annonce qu'elle vient de parler à mon oncle Ousseynou, il nous attend

Dans le taxi qui nous conduit vers le quartier populaire d'HLM où vit mon oncle, j'ai le plus grand mal à suivre, d'une part, la conversation d'Awa, qui m'apprend qu'elle connaît très bien Ousseynou car son mari Ibrahima est le cousin germain des jumeaux, et d'autre part les questions pressantes de Ndiolé qui s'est mise à pleurer, serrée contre moi, bouleversée :

— Elle est où, maintenant, Ndiolé ?

— Comment ça ?

— Elle habite dans la lettre, la lettre dans la bibliothèque, c'est sa maison ?

— Je ne sais pas.

— Elle est où, ma maison, à moi ?

— À toi de me le dire, Ndiolé.

— Je veux que tu me portes.

— On est déjà assises, là, qu'est-ce que je peux faire de plus ?

— Je veux un Fanta orange.

Mon cerveau, menacé de court-circuit, s'est mis en état de veille, remplacé par une présence et une acuité nouvelles, un air léger empreint d'une fine lumière flotte autour de nous, et après des décennies sous le sceau d'un sort contraire et d'efforts toujours anéantis, les obstacles, tout à coup, tombent un à un devant moi, sans que ma volonté y soit mêlée, je suis entrée dans un monde parallèle, dans ma propre dimension, celle de l'action véritable, au cœur de la vérité des mythes et des contes, dans ce lieu éternel et secret qu'on ne découvre que par une porte dérobée ou derrière un miroir, et où pourtant se dessinent les lignes de force les plus essentielles de notre histoire, là où nous devenons princes et princesses, rois et reines de nos vies

Ousseynou s'approche de notre voiture qui vient de s'arrêter, moins grand que son frère mais plus dense, boubou anthracite, belle allure, cheveux ras, moustache blanche, massif et vigoureux malgré la silhouette svelte, avec lui pas de danger de taper dans le vide, nous commençons à marcher dans un dédale de petites rues de terre battue, je suppose qu'il nous conduit à sa maison, Ousseynou et Awa se sont tous les deux chaleureusement salués mais je n'ai pas encore été présentée, un conciliabule se tient en wolof un mètre devant moi, je comprends qu'on l'a seulement mis au courant d'une visite sans préciser laquelle, je me demande en regardant son dos s'il a su dans le passé ma naissance, mais on vient de lui apprendre qui je suis car ses bras s'agitent tout à coup en l'air en même temps que sa stupéfaction se déploie dans un jaillissement de rires et de cris mêlés, il se retourne vers moi, souriant, accueillant, me donne l'accolade, recule d'un pas pour mieux me voir, me reprend chaleureusement dans ses bras, recule encore, secouant la tête d'incrédulité, pressé soudain de m'emmener chez lui où, dès l'escalier, il alerte à la cantonade la maisonnée en répétant joyeusement :

— Ma fille, c'est ma fille !

Nous sommes assis sur le canapé noir du salon, Ousseynou a pris ma main dans la sienne et la tapote gentiment, encore incertain, comme moi, de ce qui nous arrive, je remarque sa peau sèche qui entaille le noir luisant de sa main rugueuse de profondes stries blanchâtres, m'accrochant au plus petit élément tangible pour me convaincre de la réalité de la situation, et en réponse à ses caresses réconfortantes, à défaut des mots qui ne me viennent pas, je l'abreuve de sourires gauches, tandis que c'est maintenant lui qui se souvient pour moi du passé, de cet été 1964 à Dakar où il a rencontré ma mère, si jolie, et de son frère, si fier avec elle à son bras, des sourires de ma part aussi sincères que forcés, destinés à lui exprimer la reconnaissance éternelle qui sera désormais la mienne pour le cadeau si précieux qu'il est en train de me faire, et il continue de hocher la tête d'incrédulité et de s'exclamer devant moi, désireux lui aussi d'étoffer, par le geste, le vocabulaire limité dont il dispose en français, pour me faire comprendre son émotion et m'assurer de son bon accueil, son regard chaleureux s'immobilise à la droite de mon épaule en direction de Ndiolé

C'est Mariama qui nous rejoint la première, la fille aînée d'Ousseynou, ma cousine du même âge que moi, une génération de moins qu'Awa et le boubou a fait place dans le quotidien au jean slim du moment, très apprêtée et maquillée, une longue chevelure ondulée faite d'extensions tirant sur le prune, elle me regarde avec un air de gamine espiègle, enchantée du tour inattendu qu'a pris sa journée, répétant mon nom de sa voix grave, ponctuée d'exclamations suraiguës, pour se persuader de mon existence, et avec elle commence le chapitre des ressemblances, flagrante entre nous deux d'après elle et Ousseynou, qui sommes assez claires de peau quand les autres enfants d'Ousseynou sont bien plus foncés, flagrante aussi avec une de mes sœurs, car je ne tarde pas à me voir confirmer que j'en ai plusieurs, ainsi que quelques frères, une fratrie de sept au total, autant de prénoms, ajoutés à ceux des dizaines de cousins germains, que je ne parviens pas à fixer malgré mes efforts, et pendant qu'Ousseynou et Awa s'éclipsent pour nous laisser entre filles, j'apprends que Mariama est elle-même une enfant illégitime d'Ousseynou qu'elle n'a rencontré qu'à l'âge de seize ans pour venir vivre sous son toit, raison supplémentaire pour laquelle elle est ravie de me rencontrer, notre aparté sera vite interrompu par les présentations suivantes, la femme d'Ousseynou, discrète et silencieuse, les deux plus jeunes filles, dont l'une est encore étudiante et Assane, le fils aîné homonyme, dont pour le coup je retiens instantanément le prénom, à peu près mon âge lui aussi, grand et bien bâti, en survêtement, s'exprimant dans un français à peine plus compréhensible que celui de son père, et si enchanté de la nouvelle qu'il se propose d'appeler sur-le-champ ses deux frères qui vivent à l'étranger pour leur en faire part

Pendant qu'Assane allume l'ordinateur portable dans le but de converser via Skype avec un des frères, j'aperçois dans le prolongement du salon une petite pièce ouverte qui sert de coin télé où trône également un énorme aquarium, plus près de moi j'observe l'étagère vitrée laquée de blanc où est présentée de la vaisselle, les canapés de cuir noir ornés de jetés de lit brodés à l'angle desquels est posé un vase qui contient un gros bouquet de fleurs artificielles violettes, des pivoines je crois, la table basse en verre fumé et ses pieds torsadés dorés, le lampadaire imitation marbre surmonté d'un abat-jour dôme à franges orangées et enfin un guéridon sur lequel est mis en valeur un petit portrait en noir et blanc, une décoration que je ne me lasse pas de détailler, considérant que, dans mon ignorance crasse, je n'aurais pas été davantage surprise d'être conduite dans une case meublée en tout et pour tout d'une calebasse

Le petit portrait en noir et blanc, un peu flou, est celui d'une femme d'au moins soixante-dix ans, le cadre doré est abîmé, elle est assise par terre devant un mur, sur ce qui semble être un trottoir, dans la rue ou dans une cour, une jambe en position de tailleur, l'autre pliée devant elle, le genou à hauteur de poitrine, dans une posture si incroyablement juvénile malgré l'âge avancé, elle porte une ample et longue robe de bain à larges rayures et aux manches courtes évasées, qui tombe en plis désordonnés jusqu'au sol, la tête ceinte d'un foulard assorti, dont le nœud flotte au-dessus de son front, elle m'évoque en tout point la vendeuse de cacahuètes grillées croisée aux abords de la maison de mon père, Mariama répond à mon regard interrogateur et me confirme d'un hochement de tête expressif qu'il s'agit bien de notre grand-mère, le portrait, qui date peut-être d'une vingtaine d'années, me paraît surgi d'un passé si inaccessible que je mesure, devant cette stupéfiante aïeule, à quel point son étudiant de fils, au cœur des années soixante, ne lui aurait pour rien au monde présenté sa jeune amante française, ce qu'il ne fit d'ailleurs pas pendant l'été qu'ils passèrent ensemble à Dakar, il ne la lui aurait pour rien au monde présentée, car il n'aurait jamais imaginé blesser, nier à ce point cette femme plus que modeste, analphabète, sans doute très attachée à ses traditions à défaut de posséder grand-chose d'autre, mais si étonnée et fière de la réussite de son fils, il était pour elle totalement impensable qu'il fréquente une Blanche, ne parlons pas de l'épouser, à l'extrême limite aurait-il pu imposer la jeune femme comme *deuxième bureau* tandis qu'il se serait marié avec une autre en justes noces, mais en réalité il n'avait aucun intérêt à ajouter une incongruité supplémentaire à son parcours hors normes, la chose ne lui aurait apporté qu'inconfort et l'aurait davantage éloigné de sa fratrie, de sa famille, de tous ses proches, quand il aspirait à coup sûr à rester l'un des leurs, malgré l'abîme qu'il avait lui-même creusé

Mon autre grand-mère, vers laquelle mes pensées m'entraînent mécaniquement par un réflexe de comparaison insensé, recevait à la même époque le courrier du graphologue et ne se verrait pas davantage présenter son ex-futur gendre

La lenteur du démarrage de Windows laisse tout loisir à Assane de me présenter plus en détail les occupants de la maison, à commencer par lui, qui m'explique, avec un large sourire, que bien qu'étant un fonctionnaire privilégié, il n'a pas les moyens d'offrir un toit à sa famille, raison pour laquelle il vit toujours chez son père avec sa femme et ses trois enfants, tout comme Mariama, sans qualification et sans travail en dehors de quelques ventes occasionnelles sur les marchés, mariée à un Sénégalais immigré clandestin aux États-Unis qu'elle n'a pas vu depuis quatre ans en raison de l'impossibilité où il serait de regagner le continent américain après un séjour en Afrique, les deux jeunes sœurs, dont l'une élève seule un enfant de deux ans et l'autre, étudiante en master, est à la recherche d'un stage dans un cabinet d'avocats, ainsi que les deux derniers de la fratrie, encore lycéens, je renonce à point nommé à faire le compte, car la connexion Internet ayant fini par s'établir, me voici, conversant en duplex Espagne-Sénégal avec un inconnu qui est mon cousin germain et dont je distingue mal les traits, à travers l'image grossièrement pixelisée qui danse sur l'écran, et dont je ne distingue pas davantage le timbre de voix, haché par de trop nombreuses sautes de son, même si je crois comprendre qu'il tient à me présenter sa femme, qui le rejoint dans l'image, et avec laquelle je poursuis un instant cette improbable conversation, dans la bienheureuse hilarité où nous sommes tous

Avant mon départ, Ousseynou et Awa ont une conversation qu'ils ramènent autant qu'ils le peuvent, par égard pour moi, en français, vite rattrapés dans l'émotion et la familiarité par le wolof, mais d'où il ressort qu'Ousseynou est résolu à parler à son frère pour éclaircir son attitude injustifiable dont il ne doute pas qu'elle évolue, puis il secoue la tête en signe de dénégation, très étonné, et fâché, d'apprendre que son frère puisse tout à coup exprimer des doutes sur sa paternité alors qu'il lui avait confié dix ans plus tôt avoir rencontré sa fille, l'attitude de mon père s'explique, selon lui, par sa personnalité assez distante et plus encore par la peur de la réaction de sa famille, Ousseynou est confiant dans son intercession car depuis qu'ils sont vieux, ils se voient tous les jours pour discuter tout en marchant, après des décennies de liens distendus au point que les cousins se connaissent peu si ce n'est pour s'être croisés aux mariages et aux enterrements, ils marchent, les deux jumeaux, depuis qu'ils ont passé soixante-dix ans, je me demande de quoi peuvent bien parler deux vieillards africains, déambulant dans les rues les plus tranquilles de Dakar, de quoi ont été faites leurs vies, leurs conceptions, leurs espérances et je me demande ce que j'aurais de commun avec eux si ce n'est le sang, et quel secret pourrait bien receler le sang, qui m'ait conduite en ces terres incompréhensibles, où je cherche absurdement des réponses à ma propre vie ?

Dans un des lycées prestigieux de la ville où le bibliothécaire me fait visiter ses locaux, une vaste salle d'une capacité de soixante-dix personnes avec de nombreux rayonnages un peu clairsemés et un volume sonore proche de celui d'un réfectoire, les élèves que j'interroge sur leurs goûts en matière de lecture plébiscitent les auteurs africains, malheureusement pas si présents sur les rayons pour des raisons budgétaires, le bibliothécaire me conduit ensuite dans la réserve où plusieurs milliers de manuels scolaires en parfait état sont entreposés, bien alignés, sur de longues rangées de tables, et lorsque je m'étonne qu'ils n'aient pas été distribués, il hésite entre la gêne et le sarcasme avant d'opter résolument pour le sarcasme et il m'offre un exposé rigolard, ponctué par les guillemets qu'il dessine avec ses doigts, pour m'expliquer que *de longues habitudes commerciales* avec les éditeurs français, ajoutées à *des politiques éducatives ambitieuses*, aboutissent au fait que, dans la mesure où les manuels alloués à l'établissement par le ministère ne correspondent pas aux programmes, ils ne sont pas utilisés

Je ne crois nullement qu'Ousseynou convaincra Assane, car tel n'est pas l'ordre des choses, ma paire de jumeaux est originelle, je connais maintenant le méchant et le gentil, l'intellectuel et l'ouvrier, l'introverti et l'extraverti, celui qui me rejette, celui qui m'accueille, Romulus et Rémus, Seth et Osiris et quels que soient leurs noms dans la mythologie wolof, rien n'y fera, même si Abel s'improvise en gardien de son frère pour me faire plaisir, Caïn a renié sa famille de commerçants pauvres en allant s'instruire au loin, on lui a pardonné et il a lui-même reporté l'opprobre sur sa descendance exilée, du moins personne n'a tué personne, ils marchent, côte à côte, dans leur grand âge, les jumeaux, sur le campus de l'université qui est l'oasis de tranquillité de la ville sans parcs, figures légendaires de mon destin de fille de Caïn issue du tombeau de la solitude et de la repentance, et c'est moi qui suis marquée du signe

Alors que je regarde distraitement le documentaire sur le fleuve Sénégal qui passe à la télévision du restaurant où je me suis attablée entre deux rendez-vous, l'ombre d'un souvenir ondoie dans mon esprit, cherchant à refaire surface sans que je puisse le saisir, lorsque Ndiolé, qui suit toutes mes pensées, à moins qu'elle ne les fasse naître, me tend mon premier « cahier d'écriture », je reconnais, sur la couverture, les lettres attachées de la maîtresse et ses immenses majuscules C et E, apprêtées comme les boucles à l'anglaise d'une demoiselle d'honneur, le cahier commence par un choix de poèmes collés sur la page de gauche, reproduits à l'encre bleu-violet du duplicateur à alcool, tandis que les pages de droite sont destinées aux illustrations réalisées par l'élève, sur l'une d'elles, un dessin de ma main, grossièrement colorié au feutre, représente un alligator vert pomme, large gueule ouverte et sorti d'une rivière bleu vif, qui pourchasse un petit garçon à la peau marron, vêtu d'une marinière à rayures rouges et blanches comme j'en portais une à l'époque, je me souviens maintenant, c'est donc un poème qui remontait des profondeurs de cette onde africaine, je m'aperçois que je le sais encore par cœur, de même qu'est resté intact le malaise informulé que j'éprouvais en dessinant, incapable de décider si je devais me réjouir de la sagesse du petit garçon qui parvenait à échapper au danger ou me sentir insultée par le sobriquet dont il était affublé, je coloriais, m'appliquant à ne pas dépasser, engluée dans un effrayant marécage d'émotions contradictoires :

Sur les bords du Mississippi
Un alligator se tapit.
Il vit passer un négrillon
Et lui dit : « Bonjour, mon garçon. »
Mais le nègre lui dit : « Bonsoir,
La nuit tombe, il va faire noir,
Je suis petit et j'aurais tort
De parler à l'alligator. »
Sur les bords du Mississippi
L'alligator a du dépit,
Car il voulait au réveillon,
Manger le tendre négrillon.

Au fur et à mesure de l'avancement du cahier, les photocopies laissent place à mon écriture, de plus en plus régulière, et les poèmes des auteurs reconnus disparaissent au profit de courtes rédactions du cru de l'élève, des histoires de vie d'enfant, surmontées d'une consigne, toujours à l'encre bleu-violet de la main de la maîtresse, *Raconte tes dernières vacances*, *Imagine ton plus bel anniversaire*, *Rédige ton autoportrait*, et me reviennent, tout aussi intacts, le plaisir et l'enthousiasme qui étaient les miens à trouver les mots et les phrases les plus justes et à les tisser avec soin pour débrouiller tous ces écheveaux de sensations et que l'histoire prenne vie de la façon la plus fidèle possible, comme si, rien qu'en la lisant, on pouvait se retrouver à l'intérieur, voir et comprendre et ressentir exactement, puis les consignes disparaissent au milieu du cahier, ce qui correspond sans doute à la fin de l'année scolaire, mais les textes continuent, sur ce cahier et sur les suivants, petits bouts de poèmes, réécritures de contes, débuts de romans abandonnés au troisième paragraphe, puis des pages vides, Ndiolé m'adresse un sourire tremblant de reconnaissance et d'espoir, comme on encourage un proche qui sortirait du coma à reprendre le fil de sa vie

Le conservateur d'une des bibliothèques de référence du pays, prioritairement réservée aux chercheurs, jeune homme résolu en costume trois pièces, m'explique son combat pour développer des synergies stratégiques, mutualiser des ressources d'excellence, capitaliser sur les retours d'expérience et les bonnes pratiques, pour voir un jour les doctorants faire une thèse *au pays* alors qu'ils doivent pour l'instant passer par l'étranger faute d'une littérature grise suffisamment pointue et récente sur place, ainsi, malgré la bonne quarantaine d'années écoulées depuis le départ de mon père pour la France, ses successeurs n'ont toujours pas le loisir d'un cursus complet au Sénégal, je prends note également des obstacles liés au prix dissuasif des revues ou à la problématique conservation des documents qui menace des pans entiers de culture et d'histoire exposés à la chaleur et à l'humidité, mais tous les espoirs semblent permis, car aucun signe de découragement n'entache le proactif entrain du manager

Chaque jour apporte son lot de péripéties dans les tractations d'Ousseynou et Mariama pour intercéder en ma faveur, je me sens touchée par leurs efforts tactiques tout autant qu'empêtrée dans un désagréable contre-pied, je viens de me libérer de décennies d'attente et voilà qu'ils me privent de la quiétude du renoncement en m'imposant un nouvel espoir auquel je me refuse, car cet espoir est nouveau surtout pour eux qui n'ont pas vécu l'antériorité de ma relation avec l'homme des lointains, ils ont la confiance des débutants et n'imaginent pas que leur espoir puisse être vain, mais peut-être après tout ont-ils raison, peut-être le cours des choses est-il en train de s'infléchir car les mondes invisibles se mettent de la partie, amenant à moi par des coïncidences effarantes tous les messagers possibles, ainsi, passant devant la poste centrale, je crois vaguement entendre mon nom, la probabilité qu'on me hèle dans la rue à Dakar étant nulle, je conclus avoir mal compris et poursuis mon chemin sans me retourner, mais j'entends bientôt derrière moi des pas précipités, on continue de m'appeler et on m'attrape par le bras, mon cousin Assane surgit par enchantement, toujours aussi baraqué mais cette fois en pantalon de costume et chemisette, le génie d'Aladin au sortir de sa lampe, Assane travaille donc à la poste, il s'y rendait quand il m'a aperçue, nous échangeons bruyamment notre surprise quant à cette rencontre, et il m'apprend qu'Ousseynou a sondé les intentions de son frère à mon sujet mais s'est trouvé face à un mur, impossible de le faire changer d'avis, j'aurai la suite le lendemain, car c'est cette fois Ibrahima, le mari d'Awa, que je rencontre inexplicablement dans la rue, à Point E, au pied d'un bâtiment qu'il visitait en vue d'une transaction immobilière, Ousseynou a revu son frère et a soigneusement évité d'aborder le sujet pour le laisser dans l'incertitude et l'obliger à poser lui-même des questions, ce qu'il a fait

Dans le dernier centre associatif que je visite, la petite bibliothèque est gérée par une jeune étudiante bénévole, nonchalante et plantureuse dans une robe en wax et coiffée de longues tresses vanille qu'elle remet machinalement en arrière du dos de la main dans un geste altier, elle a monté le lieu à partir d'étagères de récupération, d'une modeste subvention qui lui a permis d'acheter quelques livres, et de dons d'ouvrages venus de diverses associations francophones, qui sont à remercier, mais dont elle ne peut s'empêcher d'interroger les motivations quand, avec l'amie qui vient l'aider, elles se tiennent les côtes de rire en triant des piles jaunies de livres hors d'âge, hors d'état ou hors de propos, ces associations, me demande-t-elle d'un air faussement ingénu, si elles veulent *vraiment* aider, ne pourraient-elles pas tout simplement récolter de l'argent pour l'achat de livres africains ?, et quand je veux savoir depuis combien de temps l'ordinateur est en panne, elle sourit et secoue dans ma direction un index accusateur en constatant que je ne dois pas en être à ma première visite, puis elle me rassure, feignant un air offensé en chassant ses cheveux vers l'arrière, l'ordinateur marche très bien, le problème ici, c'est l'électricité

Mariama me rejoint sur la terrasse de mon appartement où nous buvons un jus de fruits, frétillant de me raconter les dernières évolutions de la situation et prenant un plaisir évident à jouer les entremetteuses dans ce complot familial qui vire à la comédie, peut-être pas mécontente non plus de faire vaciller son glorieux oncle de son piédestal, l'intrigante me confirme les entrevues entre Ousseynou et son frère et insinue dans mon esprit de nouvelles perspectives auxquelles je n'aurais jamais pensé, il suffirait qu'elle appelle sa cousine Aminata, c'est-à-dire ma sœur, et je pourrais rencontrer mes *frères et sœurs même père*, l'idée m'effraie, je n'avais jamais imaginé que mes frères et sœurs soient des êtres humains réels, et je me sentirais humiliée, mais aussi, curieusement, déloyale, vis-à-vis de leur père, notre père, mon père, de revenir par la fenêtre quand il m'a jetée par la porte, le temps que cette réticence se forme en moi, elle est vite contestée par l'aiguillon de la tentation, et Mariama, lisant ces oscillations dans mon regard, en profite pour m'avouer qu'en réalité elle a déjà parlé à Aminata, l'ayant prévenue deux jours plus tôt de ma présence à Dakar

Ndiolé applaudit et se marre comme à Guignol, elle a l'habitude d'assister aux représentations du petit square à côté de l'école, elle se glisse parmi les spectateurs sur un des bancs du fond, elle crie avec le chœur des enfants surexcités qui aident Gnafron à trouver le sac qu'il aurait sous le nez s'il ne tournait pas systématiquement le dos : *Derrière toi ! Derrière toi !*, elle prend toujours avec eux le parti de Madelon quand Guignol a une fois de plus oublié sa promesse, et pour finir elle dénonce, véhémente et hilare, le méchant Assane qui refuse d'avouer sa faute, elle le punit pour cette injustice en faisant, avec passion, le décompte de la pluie de coups de bâton qu'elle lui assène sur le dos d'un geste saccadé, acclamée par les autres enfants

Aminata avait été intriguée, ainsi que Mariama me le répète, en s'apprêtant à aller travailler le lundi matin après avoir dormi chez ses parents comme il lui arrivait de le faire, d'apercevoir son père dans une discussion difficile avec une inconnue sur le seuil de la maison, le coup de fil de Mariama le lendemain arrivait à point nommé pour lui en fournir l'explication et Aminata avait demandé à sa cousine le temps de la réflexion, Mariama, devant moi sur la terrasse où nous buvons nos jus de fruits, décide que deux ou trois jours de réflexion ont été largement suffisants à Aminata pour assimiler un nouveau membre de la fratrie et m'annonce, sans me demander mon avis, qu'elle va de ce pas lui téléphoner pour lui proposer de nous rejoindre, me laissant spectatrice impuissante d'une pièce de théâtre africain dont je ne connais pas encore tous les personnages, dépossédée de ma quête de toujours pour la voir se poursuivre sans moi, comme une flèche, une fois tirée, est condamnée à aller au bout de son trait, Aminata refuse de venir car non, trois jours n'ont pas été suffisants et elle informe Mariama, qui me le répète aussitôt après avoir raccroché, que son père les a réunis la veille pour les prévenir qu'une femme, *une folle*, prétendait être sa fille et le harcelait, je garde pour moi ma joie maligne de le savoir dans l'embarras, Mariama rigole à gorge déployée de ce culot et encore plus de ma mine indignée, et décide, après un long soupir suraigu, de me donner un aperçu de la *mentalité sénégalaise*, ici malheureusement les hommes font tout ce qu'ils veulent, mais les femmes ne sont pas stupides tu sais, Aminata a très bien compris qu'elle a une nouvelle sœur, mais par respect elle doit se taire :

— Elle ne peut pas dirrre à son pèrrre qu'il mmment.

Conviée le dimanche midi à déjeuner chez Ousseynou, je suis d'abord accueillie par Mariama, elle m'emmène dans sa chambre, heureuse de me faire découvrir son univers, dix mètres carrés à peine, le lit pour une personne dans un angle, une armoire sur le mur d'en face, elle vit chez son père comme tous ceux des frères et sœurs qui n'ont pas émigré, nous nous asseyons toutes les deux sur le lit, nous discutons entre cousines, adossées au mur et collées l'une contre l'autre comme des gamines pour encourager notre familiarité naissante, elle me raconte son activité occasionnelle sur les marchés, un jour à vendre des bijoux fantaisie, un autre des pantalons en wax, selon les lots qu'elle achète si elle a un peu d'argent disponible, elle a toujours sur les bras un stock de trousses de toilette qu'elle n'a pas réussi à refourguer, son rire communicatif qui m'emporte et son fameux soupir suraigu ponctuent le récit de cette mésaventure, les cinq prières rythment ses journées, elle voudrait avoir des enfants, quarante-deux ans déjà *Inch'Allah*, et espère revoir bientôt son mari chauffeur de taxi à New York, ils n'ont pas vécu ensemble depuis leur mariage, il lui envoie de l'argent et ils se téléphonent un jour sur deux mais elle n'a jamais obtenu de visa pour les États-Unis, son objectif est maintenant de se procurer un *visa Schengen*, c'est sa guerre sainte, son espérance, selon la logique qu'une fois effectué un séjour en Europe, on ne pourra plus lui refuser un visa américain, je me demande bien d'où elle tient pareille certitude, je suis prise d'un élan de compassion devant nos situations si dissemblables, il s'ajoute à l'affection que je lui porte déjà mais je me reproche dans le même temps qu'il puisse être entaché de condescendance, alors qu'il n'existe aucun promontoire de mérite personnel d'où je prétendrais surplomber la vie de Mariama, et qu'il existe à l'inverse toutes les raisons de conclure à l'impasse de l'ascendant d'un petit nombre de pays sur tous les autres, et puis, sait-on à quelle aune il faudrait mesurer une vie ?

Mariama est très contente d'avoir rencontré enfin une Française, est-ce que j'accepterais de lui fournir une attestation d'accueil et les justificatifs demandés, tandis que de son côté elle tenterait de se procurer de fausses fiches de paye car on n'envoie pas en vacances en France ceux dont il n'est pas certain qu'ils en reviendront ?, oui bien sûr j'accepte, et pour me remercier à l'avance, elle partage avec moi son album photo, dix bons centimètres d'épaisseur, aux deux tiers rempli, sa vie en format 15x10, les pages plastifiées fragilisées par l'usure, des images prises aux grandes occasions, son mariage et autres fêtes familiales, quatre rares et précieux portraits de son homme, des photos de la fratrie, des cousins, des tantes et des photos d'elle-même, elle magnifiquement parée de tissus colorés et brillants, arborant une coiffure différente à chaque réunion, elle en jaune, en vert, en doré, elle souriante, elle à talons hauts, elle maquillée, enturbannée, elle qui m'offre en cadeau de bienvenue la première occasion de feuilleter nos histoires

Ousseynou accepte avec grâce la séance photo dont je lui fais timidement la demande et a l'élégance de la reprendre à son compte, me faisant promettre, comme si je lui rendais un service personnel, de leur envoyer des tirages dès mon retour, il insiste pour que nous posions dans la petite pièce qui sert de coin télé, devant son aquarium dont il est très fier, il s'excuse pour l'absence de poissons, problème de cohabitation dit-il, ils se sont tous fait bouffer et le dernier est mort, les remplacer coûte trop cher, Mariama officie avec mon appareil, Ousseynou et moi posons devant l'aquarium sans poissons, il porte beau, soixante-dix ans passés mais un charisme et une juvénilité intacts, boubou lustré, et sur la tête, comme la première fois, un chapeau traditionnel qui lui va si bien et lui donne l'air d'un vieux sage, une sorte de bonnet souple dont j'ignore le nom, moins haut qu'un fez, pas rouge et sans pompon, puis toute la famille défile à mes côtés, Assane, sa femme et leurs enfants, Diouma, la jeune mère, Roughy, l'étudiante, et enfin, Mariama avec son père, quand je prends l'appareil pour lui redonner la place centrale qui est la sienne, en me demandant si elle ajoutera la photo à l'album de sa vie

Nous mangeons, à même le sol, dans un grand plat émaillé, un délicieux riz à la viande, du tiébou yapp, m'apprend une de mes jeunes cousines, qui me félicite ironiquement pour mes déductions lorsque je conclus que tiébou signifie donc riz, dien poisson et yapp viande, Ousseynou n'est pas assis avec nous, je crois comprendre qu'il n'aurait rien à faire là, l'agencement de la pièce principale propose, à proximité du salon, un espace salle à manger avec buffet et une table recouverte d'une nappe de toile cirée, mais nous sommes pourtant installés par terre, près de la table, sur une natte en plastique, nous mangeons dans le grand plat commun, chacun de nous huit ou neuf ou dix dispose d'une cuillère, ce dont je m'étonne silencieusement, me demandant si les cuillères ont été prévues par politesse à mon égard ou si elles sont la règle, nous discutons, moi coincée comme une sirène débutante dans le pagne à carreaux bleus et blancs que Mariama a tenu, par jeu, à passer sur mon jean et qui me contraint à une position inconfortable, *Comme ça tu as l'air d'une vraie Sénégalaise ma chérie !*, les convives sont mes cousins, non pas de lointains cousins à l'africaine, mais mes cousins germains, nous parlons recettes de cuisine, fabrication de batik, marabouts, quelle importance, je suis si occupée à me laisser bercer par l'instant

La communication reste néanmoins difficile, il me faut une attention soutenue pour identifier les mots dans le français rudimentaire d'Ousseynou qui s'adresse à nous depuis le canapé, l'accent de mon cousin Assane me laisse incompréhensibles des pans entiers de phrases, mes cousines les plus jeunes qui parlent parfaitement français sont trop timides pour prendre la direction des opérations et la conversation entre eux, après un court effort de concentration à mon attention, reprend vite en wolof au fur et à mesure qu'elle s'anime, nous n'avons en réalité pas grand-chose à nous dire, rien en commun si ce n'est l'incongru plaisir de la situation, nos sourires se forcent pour contredire les longs silences, le petit Babacar, le fils de Diouma, s'ébroue dans nos jambes, étonné de l'inhabituelle attention qui lui est portée, mais il se fait tout à coup, parmi mes hôtes, un bruissement, une discrète agitation électrise l'atmosphère, je surprends des échanges de regards interrogatifs

C'est alors qu'il entre dans la pièce, sans cheval, mais néanmoins revêtu d'un éblouissant boubou de bazin blanc, grand et altier, c'est alors qu'il vient m'enlever, avec cet air de froide autorité derrière lequel il s'efforce d'être inatteignable, saluant à peine ses neveux et nièces pour faire comprendre à la ronde qu'il ne compte pas s'attarder, m'annonçant, après un rapide aparté avec son frère, qu'il m'emmène chez lui et que je veuille bien préparer mes affaires, j'enfile vite mon masque d'impassibilité, mais malgré mon âge, malgré mon aversion pour les mièvreries, malgré ma connaissance intuitive du personnage qui me prévient de ne pas attendre de miracles, bat dans ma poitrine un cœur de Belle au bois dormant délivrée de cent ans de solitude, je sens la petite Ndiolé sauter de joie et tendre les bras pour qu'on la fasse tourner en l'air, et si je n'y prenais garde, brilleraient dans mes yeux la fierté et le bonheur indépassables qui enflamment le regard de ma fille de quatre ans, quand elle toise le monde, du haut des épaules de son père

Dans la voiture, mon père se remet à trembler imperceptiblement, lorsqu'il m'annonce avoir parlé de moi à sa famille, ou plus exactement lorsqu'il répète devant moi la version qu'il a élaborée pour lui-même et qu'il commence à roder en public, il les aurait prévenus qu'une femme inconnue prétend être sa fille, ce dont il doute fort, même s'il convient avoir connu la mère, une naissance qu'il a bien sûr ignorée à l'époque, la filiation restant d'ailleurs à prouver, je suis en quelque sorte invitée à rencontrer sa famille à l'avance au cas où un test ADN serait bien positif, lui tourné vers moi, pendant que je l'écoute s'enferrer dans ses pathétiques arrangements avec la vérité, peu attentif à la circulation chaotique et aux artères défoncées et n'osant pas solliciter explicitement mon approbation, nous sommes tous les deux complices, pour la première fois, mais dans la honte, lui de mentir impunément, moi de me taire, et j'accepte de lui faire crédit du temps dont il a besoin pour retomber sur ses pieds le moins indignement possible devant les siens, car un homme de sa respectabilité n'aurait jamais abandonné une femme enceinte, j'accepte de lui faire crédit d'un tour d'avance, en compensation de la manche que je viens de remporter dans cette partie de poker menteur qui n'est pas un jeu

Il entre dans le salon, soudain jovial, s'adressant depuis le bout de la pièce à sa femme, assise dans un fauteuil en face du canapé, toujours aussi élégante, dans un boubou cette fois à dominante rose, sur le ton du pote qui en raconte une bien bonne : *Figure-toi que je l'ai trouvée assise par terre en train de manger, et avec un pagne !*, elle sourit et moi aussi, ne sachant ce qui les amuse tant, nous la rejoignons chacun à un bout du canapé d'angle en velours vert Empire, le ton devient plus sérieux autour du jus de mangue, vouvoiement toujours d'usage, je suis invitée à décliner mes nom, prénom, qualité et situation conjugale et familiale, à l'attention de Madame, invitée à montrer, si je puis dire, patte blanche, Monsieur entonne la tirade qu'il a préparée pendant que je me concentre sur mon verre pour déglutir mon émotion et goûter l'impensable instant de me trouver là, dans cette maison, présentée à sa femme, jusqu'à ce que celle-ci, à ma stupéfaction, se mette à lever les yeux au ciel en désignant son mari, comme on fait dans un vieux couple où chacun connaît par cœur les travers de l'autre, lorsqu'il prétend ne pas avoir su ma naissance, puis elle tourne la tête vers moi, avec un sourire mi-complice, mi-désolé et suggère à son attention à lui, d'une voix posée et douce, qu'un test ADN n'est sans doute *aucunement nécessaire* :

— Tout de même, une femme sait bien qui est le père de son enfant.

Aminata ne tarde pas à arriver, elle est légèrement plus jeune que moi et tient son visage rond et son léger embonpoint de sa mère, de même que sa voix grave et son accueillante nonchalance, tailleur-pantalon gris en flanelle et mocassins plats, cheveux mi-longs lissés, lunettes, aucun accent dans son français parfait, elle s'exprime avec la sûreté de ton de ceux qu'on a élevés dans l'idée qu'ils sont importants, écoute avec déférence le professeur réciter à nouveau sa leçon, faisant elle-même, avec conviction, plusieurs fois écho, dans la conversation, à ce fameux test génétique, que tout le monde se garde d'appeler test de paternité, et auquel je consens bien entendu volontiers, même si nous savons pourtant déjà toutes les trois qu'il n'aura jamais lieu, liées que nous sommes par le pacte tacite de sauver la face de l'homme qui le réclame indûment, Aminata revendique encore une ou deux fois la nécessité de ce test, mantra grâce auquel elle gagne du temps avant que la réalité parvienne à se frayer un chemin jusqu'à sa conscience, avant de se rendre à l'évidence que son père a vécu avant elle, qu'il a eu un enfant en France, et le savoir changera à tout jamais l'idée qu'elle avait de lui, sans parler du fait qu'il ait pu connaître à l'époque mon existence, et pire encore, qu'il s'en soit lavé les mains, questions dont il est clair qu'elle évitera à tout prix de les concevoir

Pendant la visite de la maison à laquelle il me convie, pièces vastes et cossues, sobres, mobilier foncé de bois massif, Ndiolé tire frénétiquement sur le bas de son boubou pour attirer son attention mais il ne la voit pas, il me propose un détour par son bureau en rez-de-terrasse, où nous nous attardons un moment, peut-être en est-il fier ou bien fait-il toujours l'amitié à ses visiteurs de les accueillir un instant dans son lieu d'élection, de fait la théâtralité que je ressens, et qui est peut-être attribuable à une forme de pudeur à dévoiler son lieu de vie, va bientôt culminer dans la présentation aux accents mondains de la rangée de chambres de l'étage, en si grand nombre plaisante-t-il, que l'une d'elles pourrait nous accueillir, ma famille et moi, lors d'un futur séjour, j'acquiesce en souriant, tandis que remonte, le long de mon échine, l'écho des paroles qu'il avait prononcées dix ans plus tôt, lors de notre première rencontre, alors que venant de mettre en question notre parenté, il feignait d'envisager une nouvelle rencontre en France lors d'un de ses prochains déplacements, le même ton et la même expression, je le connais si peu et je le connais par cœur, je connais par cœur son refus obstiné d'admettre ce qui a été et de me considérer à d'autres aunes que celle du déplaisir, de la culpabilité, de l'offense, de l'embarras, du ressentiment et de l'indifférence, quel que soit leur dosage, dans ce breuvage qu'il évitera toujours au maximum de se voir prescrire

Alors que nous regagnons le salon et qu'il déserte la séance, appelé par quelque urgence professionnelle, pour mieux se débarrasser de la suite des présentations ou pour ouvrir un de ces espaces de dialogue féminin qui auraient vertu apaisante, Aminata m'apprend qu'elle a côtoyé de près les questionnements d'une de ses amies adoptée et peut comprendre ma *démarche*, c'est pourquoi elle a accepté notre rencontre, qu'elle estime néanmoins précipitée et perturbante, un frère fait une apparition, je comprends qu'il vit sur place, le temps pour lui de refuser de me serrer la main en raison de ses récentes convictions religieuses lui interdisant tout contact avec une femme étrangère à son cercle restreint, c'est ce que m'explique sa mère une fois qu'il a quitté la pièce, désolée qu'il consacre désormais tout son temps à la mosquée, elle préfère en rire même si elle est elle-même croyante et l'a surnommé le marabout, on me présente encore une sœur, Rokhaya, qui passe en coup de vent à la maison déposer ses jeunes enfants, s'excusant de ne pouvoir rester en raison d'une *contrainte sociale*, c'est sa raideur que je remarque d'abord chez elle, sans doute accentuée par son animosité immédiate à mon égard, après son départ Aminata évoque deux dîners prochains auxquels je serai conviée, sachant qu'il reste trois jours avant mon retour en France, deux repas à définir, j'imagine, après consultation de la famille et selon un système complexe de préséances, d'arrangements, de tiraillements dans la fratrie, viendra, viendra pas, chacun devant composer avec sa personnalité, son humeur, sa curiosité, ses craintes, ce qu'il pense devoir à ses parents, sa capacité à assimiler cet accroc dans l'infaillibilité paternelle, je dois rappeler le lendemain pour qu'on me fasse savoir le cours des choses

La nuit venue, les maîtres de la cabane arrivèrent; c'étaient des nains qui cherchaient de l'airain et de l'or dans les montagnes. Ils allumèrent leurs petites lampes, et quand le logis fut éclairé, ils virent bientôt que quelqu'un avait passé par là, car tout n'était plus dans le même ordre où ils l'avaient laissé.

Le premier dit : « Qui s'est assis sur ma chaise ? »
Le second : « Qui a mangé dans mon assiette ? »
Le troisième : « Qui a pris de mon pain ? »
Le quatrième : « Qui a touché à mes légumes ? »
Le cinquième : « Qui a piqué avec ma fourchette ? »
Le sixième : « Qui a coupé avec mon couteau ? »
Et le septième : « Qui a bu dans mon gobelet ? »

Lors de mon dernier rendez-vous professionnel, je rencontre une coopérante française, mandatée pour impulser l'informatisation des bibliothèques depuis une dizaine d'années, qui me fait partager son constat que, dans différentes missions qui lui ont été confiées, la présence des partenaires étrangers inhibe parfois les initiatives locales et me confie son sentiment que certaines équipes éprouvent une difficulté d'adaptation culturelle et technique se traduisant par des résistances quant à de nouvelles méthodes de travail, je m'abstiens de lui révéler qu'elle vient de dresser le portrait de mon hôte bibliothécaire, je préfère me réjouir avec elle de toutes les situations positives, comme l'existence de cette bibliothèque de banlieue défavorisée qu'elle cite en modèle, celle que j'ai visitée, je suis prise de vertige et d'admiration en imaginant l'énergie qui devra encore être déployée pour développer l'accès au livre dans le pays

J'appelle, comme prévu, à Fann Résidence, inquiète du coup de fil lui-même autant que de l'organisation compliquée à laquelle ce contre-la-montre me contraint, Ousseynou et Awa tiennent chacun à me revoir avant mon départ et je me sens malotrue de différer mes réponses pour privilégier les deux fameux dîners auxquels je suis conviée, sans comprendre pourquoi il y en a deux ni quand ils auront lieu, je suis accueillie au téléphone par un ton badin, mon père me demande si j'ai contacté *la France* pour prévenir de notre rencontre, si madame ma mère va bien, oui merci, je crois qu'il cherche à savoir si par hasard on m'aurait chargée de lui transmettre une approbation qui vaudrait absolution, toujours cet enfant inquiet, quelle étrangeté de rencontrer un parent une fois adulte et d'accéder directement à la vision de ses failles sans être passé par son omnipotente perfection, il ressort de l'entretien que je dois appeler Aminata, à qui la famille a apparemment l'habitude de s'en remettre, et c'est finalement elle qui m'invite à passer la soirée à son appartement avec deux de nos frères, avant un repas familial à Fann le lendemain soir

Djibril et moi avons rendez-vous à 20 heures à la sortie d'un des sites de l'université, il arrive en costume avec attaché-case, taille moyenne, très fin, à peine la trentaine, il fume une cigarette, ce qu'il ne fera jamais par la suite en présence de la famille, il ressemble étonnamment à la photo que je connais de notre père, quoique dans une version plus vivante et moderne, il se dégage de lui une tout autre vibration, les pieds dans la boue des travaux qui obstruent depuis des mois le boulevard Bourguiba, il est à l'opposé de l'étudiant étranger concentré et méritant des années 60, il porte son élection sociale avec désinvolture, comme peuvent le faire les héritiers, il est dans son pays ce que je ne suis pas dans le mien, sa démarche flegmatique le porte à ma rencontre, et plus il se rapproche, plus je reconnais cette réserve, cette façon de se tenir en retrait malgré son assurance, je sens, au-delà de tout entendement, qu'il est mon frère, il s'arrête théâtralement à un mètre de moi, semblant hésiter sur la conduite à tenir et me dévisage d'un air gentiment narquois, accentué par la légère asymétrie naturelle de sa bouche, avant d'opter pour un *Bonjour sœurette* entendu, qui scelle, dans un premier sourire échangé, un début de connivence

Chez Aminata, un autre frère, Ousseynou, homonyme de notre oncle, est déjà là, un ou deux ans d'écart avec Djibril, souriant et extraverti, ils habitent plus ou moins chez Aminata tous les trois, mais rarement ensemble car ils sont amenés à voyager souvent, l'ameublement basique m'évoque un logement étudiant ou un pied-à-terre qui ne serait pas vraiment investi, ce qui est peut-être totalement faux, qu'est-ce que j'y connais en intérieurs sénégalais, le salon est composé d'une table basse, bordée d'un côté d'un canapé et de l'autre de deux poufs sur lesquels ont été jetés des tissus en batik dans les tons ocre, les jus de fruits que j'ai apportés sont servis, c'est le moment des présentations, nous passons naturellement au tutoiement, la maîtresse de maison rassure ses frères, me concernant, sur l'imminence d'un test ADN, les deux garçons ne font même pas semblant d'y croire et ne retiennent pas un large sourire, ils me demandent des précisions sur les années d'études de leur père en France, je partage avec eux le peu que je sais, et il est clair, à leurs hochements de tête incrédules, qu'ils ne se sont jamais représenté cette partie de sa vie

Chacun de nous y va de son CV, Ousseynou, directeur commercial d'une agence bancaire, s'apprête à se délocaliser pour une mission d'un an en pays pulaar, les deux autres ricanent et traduisent à mon attention qu'il va passer un an, puni, au cul du monde, pour acquérir l'expérience de directeur d'agence nécessaire à la promotion qu'il attend, Aminata, docteur en agronomie, dirige les programmes de développement d'une ONG internationale dans le domaine de la production agricole, Djibril est consultant dans un cabinet américain pour lequel il réalise des audits financiers dans différents pays d'Afrique, je suis moi-même consultante au sein d'un cabinet européen d'études de marchés, nous nous retrouvons entre métropolitains du monde globalisé, partageant la même culture internationale et les mêmes expériences professionnelles de cadres du tertiaire, à nous lamenter de concert sur l'absurdité du reporting qui prendra bientôt plus de temps que les activités de base et sur la généralisation de la langue de bois des entreprises qui pervertit si bien le sens des mots qu'elle pervertit la pensée, et au fil de la conversation, dont la facilité m'enchante, voici maintenant que nous écoutons, par-delà les océans, la même world music, les garçons s'écharpent sur les mérites respectifs d'Ali Farka Touré et de Youssou N'dour, Djibril se pose en puriste du blues et d'une musique authentique quand Ousseynou défend le mbalax, la musique populaire qui a fait le rayonnement du Sénégal, Aminata, feignant l'exaspération, refuse d'arbitrer entre ses frères malgré leurs appels à les départager, on me presse alors de trancher, après tout ne suis-je pas l'aînée, pour moi ce sera Ali Farka Touré, Aminata vole au secours de Youssou N'dour pour rééquilibrer le match, Salif Keita vient faire l'unanimité, leur jeu de présentations continue, les garçons rejouent pour moi leur rivalité fraternelle, pressés de dessiner à la hâte les traits saillants de leurs personnalités, Djibril en buveur compulsif de café, ancien élève dilettante, travaillant la nuit, toujours dans l'urgence, à finir ses audits qu'il n'arrive jamais à commencer à temps, Ousseynou en philosophe débonnaire qui prend la vie avec le sourire, et tous deux de brosser le portrait d'une Aminata en femme responsable, celle sur qui tout le monde se repose, l'éternelle médiatrice entre les parents et la fratrie, dont je suis invitée à réviser les prénoms par ordre de naissance, j'en ai déjà rencontré cinq sur les sept, les deux autres vivent à l'étranger, l'une travaille aux États-Unis, la dernière étudie en France, puis c'est le bal des taquineries, chacun y va de sa plaisanterie pour moquer les défauts et qualités supposés de l'autre, je me laisse porter par cette agréable danse jusqu'à l'heure de minuit, où un carrosse noir et jaune cabossé me reconduit dans mes appartements

Allongée dans mon baldaquin, dont je contemple le ciel de lit en toile antimoustiques, j'entends la voix de Ndiolé qui m'appelle, elle a commencé un château de sable, non loin du bord du rivage, nous sommes sur la Langue de Barbarie, sous un soleil éclatant, elle fait, à côté de moi, des allers-retours, avec ses couettes et son petit bas de maillot à fleurs, pour remplir le seau grâce à l'eau duquel elle creuse les douves autour de quatre tours d'angle qu'elle a réussi à démouler sans trop de dommages pour les créneaux, elle court comme un butor vers son ouvrage pour arriver avant que le sable ait totalement absorbé l'eau de son passage précédent, déboulant chaque fois avec un enthousiasme et une joie intacts et renversant en chemin la moitié du seau, j'attrape la pelle en plastique pour l'aider à remporter sa course contre les éléments, et me voici, à quatre pattes, à creuser, absorbée tout entière par ma mission, les jambes couvertes de sable humide, et nous voici toutes les deux, riant à gorge déployée du bonheur d'être ensemble

Le lendemain, avant de me rendre au fameux dîner familial, je parcours le centre-ville, peu inspirée, pour trouver quelque présent à apporter qui ferait fonction de bouquet de fleurs ou de boîte de chocolats, j'en profite pour flâner dans le quartier de l'Institut français, la rue des antiquaires, je pousse jusqu'aux avenues commerçantes autour du marché Sandaga, que j'écume en tous sens, perplexe devant les mètres linéaires de tableaux de scènes de village en sable peint qui embouteillent les trottoirs, autant offrir une tour Eiffel à un Parisien, pas non plus un vêtement ou un parfum pour Madame, aucune idée de ses goûts, quant à mon père, encore moins, et puis n'exagérons rien, pour le reste j'ignore qui sera présent à ce dîner, d'autres frères et sœurs j'imagine, mais dans ce cas pourquoi n'étaient-ils pas chez Aminata, je finis par dénicher, dans un magasin d'ameublement et de décoration qui propose un rayon vaisselle très fourni, une série de six sous-verres ronds en inox, simples et chic, joliment disposés dans une boîte, réussissant à me convaincre, la fatigue aidant, que tout vaut mieux qu'arriver les mains vides

20 heures, le vigile du campus frappe à ma porte pour me faire savoir avec un air cérémonieux que je ne lui avais jamais vu, qu'une voiture est arrivée pour moi à l'entrée, mon père m'y attend, impeccable en costume gris anthracite, chemise blanche et cravate, je me félicite rétrospectivement d'avoir fait un effort vestimentaire et évité de me présenter en haillons, en chemin nous étirons des banalités sur la chaleur étouffante dans un climat d'appréhension mutuelle, *les tempérrratures sont naturrrellement trrrès élevées pendant la saison sèche*, puis nous revoici au salon, autour de la table basse, j'entends de l'activité et des chuchotements dans la cuisine, par la porte entrouverte derrière moi, quelques allées et venues, Aminata et sa mère apportent boissons fraîches et glaçons, ce qui me permet de sortir à point nommé mon présent que j'offre à Madame, elle me propose de l'appeler Adama et me gronde gentiment en déballant, *Voyons, il ne fallait pas*, mais peine à masquer sa surprise et perd ses mots en découvrant son contenu, qu'elle installe aussitôt sur la table, elle fait le service en cherchant désespérément un remerciement adéquat et parvient in extremis à glapir, dans

un hoquet, un judicieux *Ah vraiment, c'est un cadeau très... utile !*, qui expédie instantanément Aminata à la cuisine et sa mère à sa suite, leur nervosité éclatant dans un fou rire que la porte précipitamment refermée ne suffit pas à étouffer, et auquel je me retiens presque de participer, condamnée que je me retrouve à expérimenter l'impraticabilité du cadeau, il reste arrimé au cul du verre à cause de la condensation qui glisse des parois jusqu'à la base, impossible de le décoller autant que de boire avec, il ne manquerait plus que Ndiolé renverse le tout, mon père de son côté arrache résolument son sous-verre pendant que nous feignons de ne rien remarquer et poursuivons la discussion qu'il a lancée sur l'importance des études, je remercie le ciel, ou plutôt ma mère, d'avoir atteint le niveau bac +5 qui semble le minimum requis pour ne pas démériter dans cette famille, le professeur déroule pour moi, avec une précision et une modestie toutes scientifiques, les étapes de son impressionnante carrière

Je me demande, en parcourant du regard ce salon vert qui m'est déjà familier, quelle personne je serais devenue si j'avais vécu au Sénégal, si j'avais grandi dans cette maison, si ma cicatrice au menton provenait non de ce petit fauteuil de jardin de mes grands-parents, mais du coin de cette table basse devant laquelle j'aurais trébuché en apprenant à marcher, si j'aurais aimé les plats relevés pour avoir été nourrie au piment, si l'exigence de mon père aurait motivé en moi des ardeurs mathématiques, aurais-je été fondamentalement différente ou juste en surface, de simples contingences extérieures peuvent-elles modifier la nature même d'un être ?, peut-être serais-je plus patiente, plus enjouée, moins têtue, plus noire, moins blanche, y a-t-il une part fondamentale, inaltérable, un au-delà de nous-même qui se rit de circonstances que nous croyons si essentielles quand elles seraient si accessoires ?, ai-je un quelconque enseignement à tirer de la leçon que deux parents professeurs ont concoctée pour moi ?

Aminata et sa mère ont récupéré assez de bienséance pour nous rejoindre et je comprends en jetant un œil à la table où quatre couverts sont dressés que nous sommes au complet, Rokhaya étant apparemment retenue par une nouvelle contrainte sociale et le frère marabout par ses prières, un velouté de poireaux est servi dans des assiettes de faïence fleurie, mon père et moi nous adressons le moins possible l'un à l'autre pour éviter d'avoir à trancher entre un vouvoiement ridicule et le tutoiement auquel nous ne parvenons pas, sa femme m'adresse des sourires compatissants et tente de dissiper par sa gentillesse la gêne palpable de part et d'autre, quelques questions me sont posées sur les raisons professionnelles de ma présence au Sénégal, auxquelles je réponds par la synthèse de mes observations opportunément enrichies de celles de la coopérante, sur les difficultés des bibliothèques, le manque de crédits, d'équipements, la lenteur de l'informatisation, la déficience de l'offre de formation mais aussi l'insuffisance de financement de l'édition locale, ma contribution, jugée pertinente, est très appréciée et permet à la conversation de soudain s'animer et de s'orienter vers les problématiques de la coopération qui sont la passion et le quotidien de mes hôtes, Aminata travaille au cœur du sujet dans son ONG tandis que le professeur Sow passe une retraite active à développer nombre de collaborations internationales, il était dernièrement en Chine, en effet j'ai soulevé un point capital en analysant bien la trop grande dépendance des projets de développement vis-à-vis des partenaires, notamment occidentaux, et la nécessité de développer une dynamique nationale, me voici intronisée au rang de collègue étranger, je hoche la tête d'un air aussi entendu que possible, considérant que ma culture en ces matières est fraîche de la semaine précédente, on commente longuement, avec expertise, les derniers programmes d'organisations dont, à part l'ONU, je ne connais pas les sigles, tels que l'OSIWA, dont je découvrirai le lendemain qu'il s'agit de l'Open Society Initiative for West Africa, information qui m'aurait rendu plus clairs des pans entiers de conversation

Le plat de résistance, viande en sauce et ses pommes dauphine, me plonge dans la même stupéfaction que l'entrée, a-t-on cuisiné occidental par égard pour mon palais fragile, ou peut-être s'agit-il d'afficher un certain standing, à moins qu'il n'ait été plus simple d'enfourner au dernier moment des surgelés, je n'en ai aucune idée, aucune grille de lecture sur ce sujet comme sur tant d'autres, les pommes dauphine sont trop cuites, impossible de les piquer, je tente de les faire glisser sur la fourchette en les maintenant avec mon couteau, le moment difficile est de porter la fourchette à ma bouche sans que les pommes dauphine retombent dans l'assiette, ce qui arrive presque systématiquement, je reste imperturbable mais mon attention sur la conversation a fléchi, d'autant que Ndiolé, qui s'ennuyait ferme depuis un moment, a trouvé là de quoi se divertir et y va de ses pichenettes dans mon assiette, Adama tente régulièrement de me remettre en selle en abordant des sujets moins spécialisés, Aminata chahute son père qui vient de faire une réflexion provocatrice sur la nécessité d'encourager la soumission des femmes, j'ignore sur quelle conception personnelle se fonde son trait d'humour, mais la lassitude ironique avec laquelle Aminata le rembarre montre que ce dialogue est un classique familial, je me demande un instant s'ils forcent à mon attention leur complicité, mais je ne crois pas, ce mode relationnel a l'air bien ancré, Aminata tient apparemment une place spéciale dans la famille, elle est en tout cas celle qui a prêté main-forte à ses parents pour l'occasion, cette fois voilà une pomme dauphine qui tombe sur la nappe, Ndiolé pouffe et je dois réprimer le rire nerveux qui me gagne en imaginant la prochaine rouler sur les genoux de mon voisin, non merci, c'était délicieux mais je n'en reprendrai pas

À 22 heures l'affaire est entendue, le moment est venu de me raccompagner, je ne peux m'empêcher de penser que le peu de fois où je l'aurai rencontré, c'était pour qu'il me reconduise d'où je venais, nous sommes assis dans le salon et attendons Aminata qui prépare ses affaires, un soulagement est perceptible dans l'humeur soudain plus enjouée de mes hôtes, mon père attrape mes lunettes de soleil sur la table basse, les chausse, les fait descendre d'un doigt sur son nez pour me regarder au-dessus des verres avec une mine de séducteur, puis les remet en place et se lance dans une reprise impromptue de Ray

Charles, entonnant avec une outrance comique, les mains survolant un clavier imaginaire, le premier couplet de *Georgia On My Mind*, preuve qu'il est capable de faire l'andouille comme tout le monde, sa femme et moi applaudissons l'artiste tandis qu'Aminata nous rejoint en riant et me confirme qu'il est un authentique amateur de jazz, j'étouffe un regret en pensant à toutes les choses que j'ignore de lui et qu'il aurait pu me transmettre, à commencer par la connaissance de cette musique, je me demande si quelque chose est encore possible et quoi, quand ce qui n'a pas été vécu ne le sera jamais plus, *Just an old sweet song*

Nous sortons de la voiture et nous marchons dans l'allée de terre battue qui mène à l'appartement où je suis logée, nous n'aurons pas l'occasion de nous revoir avant mon départ et qui sait si je pourrai revenir un jour au Sénégal, mon appréhension monte à mesure que se rapproche le moment des adieux, il remarque mes yeux embués et, peut-être gagné par mon émotion et cherchant à me réconforter ou, tout au contraire, soucieux de différer ad vitam æternam un éventuel effort d'engagement supplémentaire que je pourrais solliciter, comme lui réclamer ce fameux test génétique ainsi qu'une reconnaissance officielle, sujets qui ont été soigneusement évités tout au long de la soirée, il professe un équivoque *Il faut laisser du temps au temps*, nous arrivons sur le perron, devant la porte, où nous nous offrons l'un à l'autre une accolade maladroite, pendant laquelle je me surprends à avoir, par je ne sais quel élan de protection filiale, des gestes précautionneux, sentant, dans mes bras, son corps de vieillard, devenu frêle

Le lendemain, avant d'aller faire mes adieux à Ousseynou, je décide de lui offrir quelques poissons pour renflouer son aquarium, sûrement une idée de Ndiolé, un des vigiles du campus avec qui j'ai sympathisé m'indique que j'en trouverai chez Gabi, du moins ce sont les sons que j'identifie, une animalerie que tout le monde connaît, très bonne adresse, c'est la rue qui part de l'ancienne station Shell à Point E, dis-le au taxi, il saura, le taxi voit très bien et me dépose à une station plantée au milieu d'un carrefour, où personne ne connaît de Gabi, je finis par comprendre, au gré des explications qu'on me donne, que ce n'est pas la bonne station, l'autre serait juste à côté, je marche, longtemps, la troisième station est bien, d'après des témoignages concordants, l'ancienne Shell, quant à la rue qui part de la station, j'ai l'embarras du choix, je me revois quelques jours plus tôt à tourner aux abords de la maison de mon père, depuis j'ai appris à m'en remettre aux mœurs locales, encore quelques interviews et un passant connaisseur m'indique enfin mon Graal, je me retiens d'embrasser la vendeuse qui attend derrière le comptoir et me tend, pour tout conseil commercial, un catalogue en lambeaux, ouvert à la page récapitulative des poissons tropicaux et de leurs comportements, car je suis avant tout préoccupée de choisir des variétés pacifiques et compatibles, le symbole serait désastreux de présenter à Ousseynou, en guise d'offrande filiale, des poissons qui se bouffent entre eux, je choisis un assortiment coloré de guppys, mollys et autres néons bleus, dont j'ignorais tout en entrant et que je me réjouis à l'avance de voir s'ébattre dans l'aquarium à côté du téléviseur, la vendeuse m'annonce le prix, je me demande si le cadeau est mince ou fastueux, je n'aimerais pas froisser Ousseynou dans un sens ni dans l'autre mais je n'ai aucune idée de rien, aucun cadre social ni culturel pour me dicter ma conduite, aucune idée de ce que serait un cadeau convenable, autant savourer ma liberté d'offrir joyeusement des poissons exotiques à un vieil Africain dont j'ignore tout et qui est pourtant mon oncle

En route pour la maison d'Ousseynou, priant pour que le sac en plastique ne crève pas dans le taxi, j'indique comme repère au chauffeur la boulangerie Baye Gainde, redoutant qu'il s'agisse d'une nouvelle station Shell, mais il m'y conduit sans péripétie comme si elle était aussi célèbre que l'obélisque de la Concorde, je retrouve facilement le dédale de rues à suivre jusqu'à la maison, et tandis que j'emboîte le pas de Mariama, venue m'ouvrir, dans les escaliers qui mènent au salon-salle à manger, j'entends, de part et d'autre du patio, plusieurs voix réjouies qui répercutent aux étages la nouvelle de mon arrivée, une bonne partie de la famille est déjà réunie dans la pièce quand nous entrons, autour d'Ousseynou, à la fière allure dans un riche boubou bleu marine aux fines rayures blanches et bonnet assorti, mes deux cousines les plus jeunes sont là avec deux ou trois enfants que je ne connais pas, de même que mon cousin Assane et sa femme, ainsi que les plus jeunes fils d'Ousseynou, les poissons sont accueillis dans l'hilarité générale et sont immédiatement versés dans l'aquarium où les enfants continuent de les affoler en frappant sur les parois, on s'installe pour le délicieux thé noir et amer préparé par le plus jeune cousin, un embarras placide flotte toujours sur la conversation, rythmée par une alternance de français, de wolof et plus encore de silences, on me couvre de sourires et de marques d'attention, auxquels je réponds chaleureusement, on m'offre un pantalon et un boubou en wax, mais le moment des embrassades arrive déjà, cousins et cousines prennent congé avec un dernier geste de réconfort sur mon épaule ou sur mon avant-bras, Mariama et moi pleurons dans les bras l'une de l'autre en promettant de nous donner des nouvelles, Ousseynou me raccompagne dans la rue jusqu'à un taxi, me réaffirme sa joie d'avoir pu rencontrer sa fille, me prend longuement dans ses bras et au moment où il se retourne pour rentrer chez lui, j'ai le temps d'apercevoir les larmes qui embuent son regard

Rentrée en France, je contacte Aïssatou, la dernière de la fratrie, étudiante, qui accepte de me rencontrer, elle m'attend à la descente du train que j'ai pris pour aller passer l'après-midi avec elle, grande et fine, les dernières baskets que la mode exige, le téléphone portable incrusté dans la poche avant de son jean, son visage ressemble beaucoup à celui de sa mère mais l'impression générale évoque plutôt le côté paternel, elle me dévisage sans fausse pudeur en souriant, avant de me faire part de ses conclusions d'un hochement de tête expert, *Y a vraiment de ça, surtout le sourire !*, dans le parc où nous nous promenons, elle résume pour moi l'essentiel de sa vie en France, bondissant d'un sujet à l'autre avec humour et vivacité, ses études en informatique, les photos qu'il lui est arrivé de faire comme mannequin, son désir de retourner vivre au Sénégal dont elle sait à l'avance qu'il sera contrarié pour de longues années à cause de l'insuffisance de l'offre professionnelle sur place, l'évidence que son conjoint sera musulman, lorsque je l'interroge pour savoir si tout va bien à Fann, elle me donne des nouvelles des *parents*, m'englobant dans la fratrie au point de me faire partager sa mère, à sa demande je lui fais le récit de mon séjour au Sénégal, sans lui cacher le refus initial de notre père ni son revirement, dû au fait qu'à partir du moment où j'avais été reçue par Ousseynou et sa famille il était contraint de suivre le mouvement, elle me confirme pour sa défense qu'il n'est pas un grand expansif, après quelques considérations plus générales sur sa vie au Sénégal jusqu'à son bac, sa place privilégiée dans la fratrie, les endroits qu'elle aime à Dakar, elle entonne l'inévitable couplet sur la teranga et, se souvenant tout à coup à qui elle s'adresse, s'arrête net au milieu de sa phrase, met la main devant la bouche en signe d'excuse et surjoue un air désolé qui nous fait éclater de rire, sur le chemin du retour vers la gare, au moment où nous traversons un centre commercial qu'elle me dit fréquenter régulièrement, nous croisons un groupe de ses amies à qui elle me présente comme sa grande sœur, je pense toujours à elle, heureuse du plaisir qui est le mien quand je réponds maintenant « franco-sénégalaise » à l'importun, devenu rare avec le temps, qui m'interroge sur mes origines, savourant cette révélation tardive, simple comme un syllogisme que je décline à l'envi, en prémisses, ils sont mes frères et sœurs, or ils sont formidables, conclusion, je suis formidable, ils sont noirs, donc je suis noire, s'ils existent, j'existe

Quelques semaines plus tard, en me surprenant à avoir les larmes aux yeux à l'annonce de l'élection de Barack Obama, je m'aperçois que j'ai fini par intégrer ma moitié noire, car moi qui suis si intégralement française et si socialement privilégiée, moi à qui aucune culture africaine n'a jamais été transmise, moi qui pourrais dire que je n'ai pas souffert de racisme en comparaison de ce que tant endurent, je regarde ce premier président américain noir proclamer sa victoire et peu m'importe qu'il soit trop noir pour les uns et pas assez pour les autres, l'allègement qui me soulève me rappelle le poids que j'ai porté à être noire, l'élan de fierté qui m'échappe me redonne la mesure de l'humiliation intégrée comme on respire, le soulagement de la reconnaissance enfin acquise dit le niveau de mépris emmagasiné, ce n'est pas en Blanche que je reçois cet événement

Peu après mon retour en France, mon père accueille mon premier coup de fil très aimablement, allant jusqu'à prendre des nouvelles de ma famille et à m'interroger sur la rédaction de mon étude, mais une distance s'installe brutalement dès le deuxième, malgré le fait que je limite le nombre d'appels à une fréquence semestrielle qui m'apparaît mesurée mais qui l'oblige néanmoins à compter avec moi, une distance s'installe, signe qu'il s'estimait peut-être déjà quitte, chaque entretien est en tout cas plus court et plus embarrassant que le précédent en raison de sa mauvaise grâce à relancer la conversation pour me laisser m'en dépêtrer, m'informant, quand je lui souhaite son anniversaire, qu'il n'y a jamais accordé la moindre importance, et quand je l'appelle pour la nouvelle année, que cette tradition n'est pas très présente au Sénégal

Un an après notre dernière rencontre, j'annonce ma venue en famille pour une quinzaine, au mois de juillet, avec mes deux enfants de cinq et douze ans et leur père, je veux leur faire découvrir l'Afrique et qu'ils rencontrent au moins une fois leur grand-père au cas où il s'évanouirait en fumée, autant battre le fer tant qu'il est encore un peu chaud car différer ma visite n'aurait pas d'autre effet que de la rendre pour finir impossible, la nouvelle de notre venue est accueillie avec réticence, je le rassure aussitôt, nous séjournerons dix jours en Casamance et trois ou quatre jours à Dakar en fin de voyage, au cours desquels nous serions heureux de venir saluer la famille, dans mon esprit cette planification des vacances fait comprendre à elle seule que nous ne comptons pas les envahir, mais visiblement pas dans le sien, peut-être s'inquiète-t-il, à l'idée de rencontrer cette nouvelle génération, de savoir s'il va devoir expier sa faute jusqu'à la septième, je lui demande s'ils seront là début août pour une rencontre, *apparrremment* répond-il, fataliste, sans chercher à avoir aucune précision sur notre itinéraire ni sur rien, j'espère que les dates du séjour d'été d'Aïssatou coïncideront avec les nôtres et que Djibril et Aminata, qui ont chaleureusement échangé avec moi plusieurs mails et coups de fil dans l'année, seront rentrés à temps, l'un de ses audits au Burkina et l'autre de son séjour en Amérique latine

Les touristes ont déserté la Casamance, suite aux conflits politiques autour de l'indépendance puis au naufrage du *Joola* qui reliait Dakar à Ziguinchor, même le fréquenté cap Skirring s'est vidé après la fermeture du Club Med détruit par un incendie quelques mois plus tôt, la région offre ainsi aux enfants l'ivresse de se croire de grands explorateurs, nous sillonnons les villages alentour, chaque jour à l'affût de nouvelles aventures extraordinaires, découvrant, ici, un fromager si énorme qu'il tient lieu de place du village à lui seul avec une vingtaine de personnes installées sur ses racines comme sur des bancs, là, une population entière dans l'attente du retour de ses jeunes hommes partis depuis des jours pour un rituel initiatique dans le bois sacré, et là, une festive cérémonie funèbre où les femmes font des allers-retours dans la clairière en chantant, et plus loin, un public captivé devant une télé à même le sol dans la rue qui diffuse des combats de lutte sénégalaise, et aussi, une messe catholique multicolore où l'on chante au rythme des percussions avant de sortir dans le brouhaha, puis un attroupement rigolard autour de trois maladroits qui peinent à égorger un cochon, le taxi-brousse est bondé, l'impact, au milieu du pare-brise, dessine une étoile de verre fendu à travers laquelle le chauffeur devine au mieux la route, les enfants ont voulu monter sur le toit, ils ont les cheveux au vent, la face aplatie par la pression de l'air et le souffle coupé par la joie, Ndiolé est avec eux bien sûr, ce voyage est pour elle, elle a toujours rêvé de faire un tour dans la jeep de Daktari, en rentrant au campement, la plage, sans vacanciers, est le territoire des vaches et des fines silhouettes des adolescents qui surgissent en fin d'après-midi pour de longues parties de foot dans le contre-jour

Depuis la pirogue qui nous amène, nous commençons à distinguer les toits de chaume des cases de l'île de Karabane que les enfants rebaptisent aussitôt l'île de Kirikou, poules et chèvres se promènent en toute décontraction dans les rues de sable à l'ombre d'une profusion de palmiers, le perroquet jaune et vert du campement salue nos allées et venues en se posant sur un avant-bras ou une épaule, les hommes jouent aux dames sur les places avec des capsules, bière La Gazelle contre Coca-Cola, sous le regard expert des enfants, dont l'aîné ne tarde pas à s'inviter dans les parties, nous pêchons des crevettes pendant les promenades en pirogue, dans l'enchevêtrement de racines des palétuviers le long de la forêt de mangrove, le soir, l'arrêt du groupe électrogène, dès la fin du repas, nous envoie nous coucher à peine la nuit tombée, le lendemain au lever, depuis la plage, on peut espérer voir passer des dauphins au large

Un piroguier me débarque, au fin fond du méandre de bolongs qui mène à son village, au loin j'aperçois quatre baraques de tôle, plus près, à une vingtaine de mètres au bord de l'eau, une dizaine de jeunes hommes, armés de pelles locales, labourent la terre avant les semis, ignorant la canicule, torse nu, leurs corps à l'unisson dansant au rythme d'un chant silencieux, une file de jeunes filles arrive du hameau, dont certaines ont sur la tête des bassines remplies du riz qu'il faut charger sur une bâche dans la pirogue, je propose mon aide, l'une d'elles me cède sa bassine écaillée avec un sourire amusé, je gagne les baraques en tôle, où on fait pour moi comme pour tout le monde, on remplit la bassine et on me la pose sur la tête, contrairement aux jeunes reines à la démarche déliée qui me précèdent, j'ai besoin de mes bras pour la maintenir en équilibre, il fait chaud, la bassine est lourde, pieds nus dans la glaise, je ne tarde pas à comprendre qu'il va falloir y aller doucement, d'ailleurs rien ne presse, je marche dans l'éternité des siècles, adoptant instinctivement, sous le soleil harassant, le lent balancement des pays chauds, d'abord fière et troublée comme une fillette qui aurait chaussé les escarpins de sa mère, je trouve, au fil des allers-retours, dans la puissance des gestes millénaires, un point d'évidence et d'abandon, où je deviens l'immobilité et le mouvement, la facilité et l'effort, la légèreté et la pesanteur, l'eau, la mangrove, le soleil et le ciel, je marche au centre des mystères

Mon appel, depuis Ziguinchor, la veille de notre retour à Dakar, pour proposer qu'on passe dire bonjour, n'est accueilli par aucune question, zéro salamalec, l'échéance de la rencontre paraît au professeur suffisamment lointaine pour qu'il vaille mieux attendre mon retour à Dakar avant de s'organiser, peut-être essaie-t-il de gagner du temps, avec un peu de chance, jusqu'à la date de l'avion du retour, ou tout simplement ne sait-il pas encore à quel moment lesquels de ses enfants seraient disposés à se rendre disponibles, quoi qu'il en soit il est résolu à la résistance passive dans le différend souterrain qui nous oppose autant qu'il nous lie, j'ignore à quel système de convenances familiales il doit d'être acculé à faire bonne figure, s'étant lui-même mis dans l'acrobatique position de ne pas reconnaître explicitement être mon père, tout en me recevant chez lui comme il ne le ferait pas s'il ne l'était pas, et me tenant exilée dans un statut bâtard, comme il se doit, condamnée à espérer un adoubement qui ne viendra jamais, bloquée dans la faille temporelle d'une histoire sans fin, de laquelle il ressort qu'il est à la fois inévitable et inutile d'attendre ce qu'il ne peut pas donner, du moins, en lieu et place de la petite fille que j'ai été, mes enfants seront allés au Sénégal, ils auront rencontré leur grand-père et la geste aura été écrite jusqu'à sa dernière ligne, quand je rappelle une fois arrivée à Dakar c'est sa femme qui répond, nous sommes formellement invités pour le surlendemain dimanche à 17 heures, nous déjeunerons d'abord chez Ousseynou, qui attendait, comme nous, que le rendez-vous avec son frère soit calé, pour arrêter une date avec Awa et Ibrahima qui seront conviés

La maison de mon oncle est pleine de monde, ceux que je connais déjà sont là, mon cousin Assane et sa famille, oui, il va très bien, il se réjouit d'être en vacances pour se reposer en regardant la télé, Diouma est là avec le petit Babacar qui a maintenant trois ans, Roughy a fini par trouver un stage et a été embauchée dans un cabinet d'avocats, les deux jeunes frères lycéens ont pris une allure plus virile, deux ou trois cousines de plus nous sont présentées, filles d'une sœur des jumeaux, nous procédons à un échange de petits cadeaux avec Ousseynou et Mariama, on nous fait passer des photos récentes de ceux d'Espagne qu'on a ainsi l'impression d'associer aux événements familiaux, Ousseynou se désole de ne pas connaître ses trois petits-enfants, nés là-bas et déjà en âge de parler, l'espagnol, ce qui rendra toute communication en français ou en wolof impossible s'ils se rencontrent un jour, car ceux d'Espagne ont de faibles revenus et en envoient une partie au Sénégal, c'est en années qu'on compte le temps entre deux visites, l'arrivée d'Awa et Ibrahima lance le début du repas, qui s'organise par petits groupes, certains à la table de la salle à manger, d'autres assis par terre devant l'aquarium, je me félicite que les poissons aient l'air au complet, d'autres au salon autour de la table basse, je crois comprendre que les convives ont été ventilés par générations car Ousseynou est installé avec son cousin et Awa tandis que nous déjeunons avec Mariama et Assane, la conversation roule un instant sur le quotidien difficile, Mariama sans travail, Assane qui aimerait toujours s'établir dans sa propre maison, vite réorientée par un grand soupir fataliste et souriant de Mariama, qui préfère nous demander de lui raconter la Casamance, une fois le repas terminé à toutes les tables chacun retourne à ses occupations, nous avons apporté, a contrario de toute habitude locale, une énorme pâtisserie pour le dessert, qui sera allégrement oubliée, les vieux m'invitent à les rejoindre pour le thé, tenant à me faire savoir combien ils sont désolés de l'attitude de leur frère et cousin, axant à mon intention la discussion sur sa *personnalité particulière*, selon l'expression employée par Ibrahima, ils se souviennent de lui enfant, qui apprenait le Coran par cœur avec une telle facilité qu'on en avait conclu qu'il était fait pour les études, de son choix de décliner la carrière politique qui lui était offerte, préférant continuer à œuvrer pour le développement de la culture scientifique, de son peu de goût pour les civilités, y compris envers ses frères et sœurs, capable de soutenir sa fratrie par de l'argent chaque fois qu'il a fallu, mais ayant toujours laissé à sa femme le soin d'entretenir la relation avec sa propre famille, chacun ajoutant sa touche à ce portrait si unilatéral que je les soupçonne de forcer le trait, par gentillesse envers moi, me confirmant en creux le refus de mon père, et essayant de m'aider à ne pas en faire une affaire personnelle, une délicatesse collective que résume le *Bon courage* qu'Ousseynou me glisse en m'embrassant dans la cohue du départ, alors que la maisonnée a de nouveau afflué vers nous pour les derniers remerciements mutuels, accolades, plaisanteries, vœux de bonne continuation et de bonne vie

À Fann Résidence, c'est à ma grande joie Djibril qui vient ouvrir le portail, nous gratifiant de paroles de bienvenue et de son sourire narquois avant de nous inviter à entrer dans la maison, où Aminata et sa mère nous font prendre place dans le salon de velours vert, autour de la table basse sur laquelle attendent des rafraîchissements, Monsieur fait son entrée, élégant en boubou blanc, poli et souriant, il demande aux enfants de lui dire leurs prénoms et les convie à raconter leur séjour en Casamance, en même temps que ma fille offre à Adama le bijou que nous avons apporté pour elle, nous entamons le récit du périple, la passion des enfants pour les pirogues, l'authenticité des villages, le bon accueil des habitants, l'émerveillement devant la mangrove, ce dernier point est ponctué par un exposé du professeur sur la nécessaire préservation du littoral sénégalais, constitué d'écosystèmes diversifiés mais soumis à l'accélération du réchauffement climatique autant qu'à la concentration économique et démographique, ce qui fait aujourd'hui du problème de l'érosion côtière une priorité nationale

Djibril fait le décompte des litres de café ingurgités pour mener à bien sa mission au Burkina, Aminata raconte son récent voyage au Brésil pour développer un projet de coopération, Rokhaya, qui cette fois s'est déplacée, arrive accompagnée de son mari et de ses trois jeunes enfants, ils passeront le plus clair de leur temps à jouer dans la cour avec ma fille, leur désormais cousine, la seule à être vêtue d'un boubou depuis qu'elle a décidé de ne plus jamais porter aucun autre vêtement, Rokhaya se montre aussi sérieuse et réservée que son mari est volubile et bavard, le récit par ce dernier de leurs études de médecine en France occupera un bon quart d'heure, et c'est au tour d'Aïssatou d'arriver, agitée, haletante et s'excusant de son retard, radieuse dans son emploi de petite dernière qui fait souffler un vent de jeunesse, la pièce est désormais plus animée, le professeur et moi évitons de nous adresser la parole et laissons la conversation se faire autour de nous, mes enfants récitent les quatre ou cinq mots de wolof que nous avons tous essayé d'apprendre au cours du séjour et qu'ils ont mieux retenus que leurs parents, oui : *waaw*, non : *déedéet*, merci : *jërëjëf*, combien : *ñaata*, notre fils s'amuse avec le petit Youssou, trois ans, le fils de Rokhaya, essayant de comprendre ce qu'il dit pour continuer son apprentissage de la langue, mais sa mère fait ironiquement remarquer qu'elle-même n'est pas sûre de savoir ce qu'il raconte, on conseille alors en plaisantant à mon fils de faire comme s'il avait compris pour ne pas vexer le petit, *waaw*, répond-il avec à-propos, déclenchant l'éclat de rire général qui sera le moment de communion de l'après-midi

Tous acceptent de se prêter à une séance photo, d'abord tous les enfants ensemble, puis par petits groupes, je cadre les uns et les autres là où ils sont installés, ils me sourient, Rokhaya et son mari sur un canapé, Djibril sur un rebord de fenêtre, Aminata et sa mère devant une vitrine, Aïssatou a rejoint son père dans son fauteuil, il a passé le bras autour des épaules de sa fille, ils acceptent eux aussi que je les photographie, prenant la pose et fixant l'objectif qui capte, de sa part à lui, un regard fier et aimant qui ne m'est pas adressé, et de sa part à elle, une sûreté de soi prodiguée par l'amour paternel que je n'ai jamais connue, mon père offre l'image d'un homme comblé, au terme d'une vie personnelle et professionnelle réussie, j'en suis heureuse pour lui, prenant acte de ce que, me concernant, il ne pouvait tout simplement pas faire mieux, car finir par accepter que la réalité est comme elle est, et non pas comme on aurait voulu qu'elle soit, est sans doute ce qu'on appelle le pardon, je m'inquiète de son air las, le trouvant diminué par rapport à l'année passée, il est comme ces anciens dans les fêtes de famille qui les comblent autant qu'elles les fatiguent, et qui ne tardent pas à se retirer pour se reposer aussitôt avalée la dernière bouchée de café gourmand, mais impossible pour lui de s'éclipser aujourd'hui, il est, à son corps défendant, le héros du jour et devra endurer les civilités jusqu'à plus soif

Devant ce tableau de famille idéale, je cherche en vain, dans le regard un peu absent de mon père, la détermination du jeune homme du portrait à la vaillante cravate, et dans son dos affaissé contre le nécessaire dossier, la droiture inquiète de l'étudiant concentré, comme si la scène d'aujourd'hui ne parvenait pas à être autre chose qu'une réplique, décolorée par le temps, du portrait des années 60, figé *dans l'éclat de son exquise jeunesse et de sa beauté* et qui resterait inaltéré pour toujours, malgré les vilenies à mon égard de son modèle, comme si mon père, assis là, devant moi, que j'ai fait surgir du néant et s'apprêtant déjà à y retourner, par sa volonté autant peut-être que par la mienne, ne parvenait pas à éclipser celui de la photo que j'ai toujours connue, j'installe Ndiolé à la place d'Aïssatou sur le fauteuil avec le beau jeune homme, elle s'amuse aussitôt à lui tirer les lobes des oreilles puis se relève et pose sa tête sur son épaule pour qu'il la prenne dans ses bras, c'est elle, la fille préférée, la petite dernière, et dans le temps suspendu de l'action véritable, cette nativité est inscrite à jamais

Djibril propose pour le lendemain une virée touristique sur l'île de Ngor dans une maison qu'un oncle lui prête, le temps que je me demande comment il peut bien avoir un oncle qui ne serait pas celui de ses frères et sœurs, l'affaire est organisée, Aminata et Aïssatou nous accompagneront, je propose, dans l'enthousiasme et sans réfléchir, de convier aussi Mariama, rendez-vous est pris pour le lendemain midi, la veille de notre retour en France, nous nous rejoindrons tous à la villa de Fann Résidence et partirons ensemble pour Ngor, je suis heureuse de cette occasion inespérée de revoir mon père en plus petit comité, la toute dernière fois où nous nous rencontrerons car, sa capacité d'accueil à mon égard étant ce qu'elle est, il est peu probable que je retourne un jour au Sénégal, je ferai en sorte de le voir seul un instant : *Pourrr se dirrre au revoirrr*

Alors que nous arrivons le lendemain, à l'heure dite, aux abords de la villa, j'aperçois Mariama, dans une ruelle perpendiculaire à la rue principale, assise sur des marches dans une encoignure, je détourne la tête par réflexe pour ne pas la démasquer, comprenant qu'elle s'est cachée là pour nous attendre, les familles des deux frères seraient donc éloignées au point qu'elle n'envisage pas d'être là avant nous et de discuter simplement avec ses oncle et tante, au point que j'aie perçu un frisson de surprise de la part d'Aminata quand j'ai proposé que Mariama nous accompagne, au point que mes frères et sœurs sillonnent la planète à loisir tandis que Mariama n'a pas obtenu son visa Schengen malgré mon invitation officielle incluant les justificatifs requis, je ne me représente pas clairement leur distance sociale et culturelle ni les modalités précises de leur écart économique, mon père ne doit pas être si fortuné, peut-être ne possède-t-il pas autre chose que sa maison même si le quartier a pris de la valeur avec les décennies, sans doute sa femme était-elle d'une famille aisée considérant sa situation professionnelle par rapport à sa génération, et puis il doit y avoir des bourses, ils ont en tout cas élevé et amené à des situations confortables pas moins de sept enfants, études à l'étranger comprises, je mesure avec retard à quel point notre présence les oblige, tous, à d'inconfortables gesticulations, exigées par une teranga beaucoup plus retorse que l'insouciante hospitalité vantée dans les guides de voyage, j'en ai une illustration de plus au moment où, alors que nous sommes à nouveau tous réunis au salon, Adama nous offre des petits cadeaux, bijoux et vêtements sénégalais, qui ont sans doute valu à Aminata de cavaler les acheter au marché le matin même, des petits cadeaux en compensation de l'absence de Monsieur qui, comme me l'explique sa femme, a été appelé à l'extérieur pour raison professionnelle, il me fait ainsi savoir, je suppose, que je l'ai suffisamment importuné et que grâce à cet ultime lapin, c'est lui qui finit la partie en remportant le dernier pli

Assise pour la dernière fois dans le salon de velours vert, je commence à boire le thé qui vient d'être servi, il est beaucoup trop chaud, je sens la flaque brûlante s'étendre dans ma poitrine, m'enserrer la gorge, attaquer mon ventre à l'acide, je sens refluer dans mes veines la boue de la solitude, de l'injustice et de l'humiliation, même si leur vigueur tend à diminuer, par les effets conjugués de la répétition et de la désillusion, avec les années, les courants ont fini par perdre en amplitude pour se stabiliser à marée basse, mais j'aurais pensé moins cruciale la nécessité pour mon père de persister dans le rejet, une fois advenu ce qu'il redoutait le plus, à savoir que ses proches connaissent mon existence, d'autant que contrairement à ce que j'avais envisagé comme obstacle supplémentaire, il a rencontré sa femme seulement à son retour de France et son fils aîné est né deux ans après moi, il n'y avait donc pas d'adultère à dissimuler, quoi qu'il en soit, quel qu'ait été le passé ou la perception qu'il a eue du passé, il avait toute latitude pour modifier le présent et il ne l'a pas fait

Sans doute n'ai-je pas déployé dans mes périples la ruse d'Ulysse, abordant mon père un jour avec trop de naïveté, un jour avec trop d'attentes, l'autre avec trop de colère ou de ressentiment, et toujours avec une totale méconnaissance de son état d'esprit et des usages du Sénégal, peut-être aurais-je pu obtenir de lui, à l'usure, un test génétique, qui ne l'aurait pas engagé pour autant, mais à quoi bon une reconnaissance par le couteau sous la gorge et sans le consentement de l'intéressé, quand aucune baguette magique ne rendra jamais à une petite fille ce qu'elle n'a pas reçu ?

Je l'imagine, tout jeune enfant, à la fin des années 30, courant pieds nus dans la boue des ruelles de la médina, toujours flanqué de son jumeau, jusqu'à la découverte de l'école, car l'Afrique occidentale française alphabétise ses indigènes, et c'est là qu'il commence à prendre le large, aimant s'isoler, trouvant dans l'étude des terres immenses à explorer, à la mesure de sa soif d'apprendre et de comprendre, et grâce à ce voyage plein de promesses de conquêtes, il entrevoit qu'il pourra fuir la misère du quartier, réussir, aller là où il a décidé d'aller, il s'engagera tout entier pour démontrer par a + b que oui, un Noir peut bien être intelligent et devenir un scientifique distingué et c'est ainsi que, sur le terreau de son humiliation, personnelle et collective, de ses craintes et de ses espérances, se développe la détermination irrévocable qui définira sa vie, le rendant inaccessible à toute vulnérabilité qui risquerait de mettre en péril cette statue de lui-même si patiemment érigée, et maintenant qu'il est vieux, il pense qu'il mérite un peu de tranquillité, car vu d'où il venait, il en a bien assez fait pour un seul homme, il a apporté à son pays suffisamment de progrès intellectuel et social et à sa famille suffisamment de savoir, de prestige et d'argent pour qu'on lui foute la paix, quelqu'un d'autre peut bien s'occuper à sa place de l'intendance, y compris relationnelle, et quand il se remémore toutes ses victoires, tous les efforts et tous les sacrifices, il est d'avis qu'il peut s'absoudre, concernant cette enfant qu'il n'a ni élevée ni même reconnue, et concernant cette enfant devenue adulte qu'il ne sait pas accueillir, je suis un dommage collatéral

Je l'imagine, d'abord terrifié à l'idée que sa femme et ses enfants apprennent qu'il avait eu un enfant en France, puis épouvanté qu'ils puissent penser qu'il l'avait abandonné derrière lui, il a été pris d'une peur animale, il jouait sa survie et a veillé par tous les mensonges possibles à se préserver, tant de droiture professionnelle, tant de probité intellectuelle, tant de dévouement à la cause scientifique, tant d'excellence et d'exigence dans l'éducation de ses enfants, écornés par cette faute morale, enfin, cette erreur de jeunesse, enfin, cette petite tache sur l'étendue immaculée de son mérite, cette tache, ineffaçable, qui venait maintenant se répandre avec mari et enfants sur le tapis de son salon, et qui s'élargissait, s'élargissait à son frère, s'élargissait aux cousins, à Awa, à l'entourage, cette tache qui pourrait gangréner son infaillibilité, sa réputation, pourrait lui faire tout perdre, il a tremblé de peur et de dépit

Probablement est-il aussi traversé par des courants plus tortueux dont il n'a pas envie de suivre les méandres, car après tout ne s'est-il pas, à la fin de ses études en France, retrouvé dans une situation par trop injuste, lui dont le brillant avenir était en passe d'advenir et ne demandait qu'à être couronné par un beau mariage auquel il ne comptait pas renoncer, que pouvait-il faire de cette jeune femme et de son enfant à Dakar, l'idée d'être polygame ne lui aurait jamais traversé l'esprit et il aurait été mortifié d'être obligé de le devenir comme le premier rustre venu, que pouvait-il faire de cette jeune femme et de son enfant, rien de bon, alors le fait qu'elle n'ait pas osé le pourchasser et qu'elle ne lui ait finalement plus rien demandé l'a mille fois soulagé, trop content de s'en tirer à si bon compte, mais lui a néanmoins laissé un arrière-goût dans la gorge, il s'est senti blessé dans son orgueil que cette toute jeune femme, dont il avait trahi l'innocence et la confiance, en même temps espérons-le que sa propre sincérité, cette jeune femme à qui il ne proposerait pas mieux qu'un humiliant pis-aller d'épouse morganatique, il s'est tout de même senti blessé qu'elle préfère de fait rester en France et se passer de lui, alors une inavouable vexation s'est ajoutée à la honte et à la culpabilité, et dans les jours de grand apitoiement, il pouvait même se sentir victime de devoir être le méchant de l'histoire alors que ça n'était pas si simple, c'est probablement un de ces jours-là qu'il avait prétendu sans vergogne auprès d'Awa, à leur retour en Afrique, que l'enfant était d'un autre étudiant de la bande et qu'il avait piteusement échoué à changer le cours de la vérité autant qu'à soutenir son regard ulcéré, toute cette histoire le fatiguait, le fatiguait, car dans un sens rien n'était sa faute, il s'était trouvé piégé par les circonstances, mais d'un autre côté sa faute était irréfutable, inexcusable, écrasante, car il suffisait de constater qui avait élevé l'enfant, il suffisait de constater ce que lui-même avait fait pour la femme et l'enfant, rien, il n'avait jamais rien fait, et c'est tout cet enchevêtrement qui l'empêcherait à jamais de dire simplement :

— Je te reconnais pour ma fille. Je te demande pardon.

Cette phrase, s'il l'avait prononcée, aurait-elle soulagé ma mère d'avoir dû me regarder partir pour l'Afrique la fleur au fusil alors qu'elle était bien placée pour imaginer la filandreuse fin de non-recevoir qui m'attendrait, cette phrase l'aurait-elle déliée de cette situation à jamais irrésolue qui a longtemps hanté ses rêves, ceux dont on émerge contrarié sans plus savoir par quel malentendu mais avec ce sentiment d'avoir été floué qui engourdit l'humeur pour la matinée, cette phrase, s'il l'avait prononcée, aurait-elle délié ma mère de cette situation à jamais irrésolue qui lui soufflait encore, de loin en loin, l'idée subite de retourner au Sénégal pour lui parler une bonne fois, par une impulsion qui m'a toujours semblé aussi vaine et cruelle qu'une démangeaison sur un membre fantôme ?

Peu après mon retour, reviendraient parfois à ma mère, au hasard d'une conversation, des réminiscences de l'époque étudiante, le 33 tours de Miles Davis que mon père lui avait offert, le numéro de la rue où il habitait et dont elle avait remarqué récemment la façade repeinte, une mémoire longtemps entravée qui retrouvait un peu ses aises, ou bien peut-être pensait-elle devoir ainsi s'excuser de ne pas l'avoir partagée avec moi en temps utile, quoi qu'il en soit il était trop tard, mon intérêt était passé et j'éviterais ces conversations, pensant que nous avions bien mieux à faire ensemble que de célébrer, à titre posthume, des amours avortées avant même ma naissance, bien mieux à faire que de tresser une couronne de souvenirs à la louange de celui qui, face à chacune de nous, avait pitoyablement détalé avant de nous reléguer dans les replis les plus reculés de sa mauvaise conscience, une couronne de souvenirs dont je n'aurais, qui plus est, jamais connu que les épines

Comme finit de s'effilocher une corde sur laquelle on a trop tiré, les derniers fils de mon attachement à mon père se rompent, ce père qui aura cumulé assez d'insuffisance et d'indignité pour ne plus soutenir mon regard, un père en l'absence duquel, depuis longtemps, j'avais décidé de redresser le front et de marcher d'un pas conquérant vers mon destin, décidé de ne pas réduire mes prétentions, d'occuper la place qui me convient, de prendre les compliments pour des compliments, et c'est ainsi que je poursuivrai le plus agréablement possible la partie, celle qu'on ne joue jamais qu'avec soi-même, car pour écrire ma propre histoire, qui d'autre que moi aurait le dernier mot ?

Le vrai visage de l'Afrique portant le masque du refus, ma curiosité faiblit d'autant, j'ai beau aimer le son tendu de la kora, le graphique dénuement des silhouettes végétales des paysages de brousse ou l'humour jovial qui ne tarde jamais à arrondir les conversations, je n'ai jamais eu d'élan réel pour le Sénégal : celui qui aurait dû m'en ouvrir les portes ayant fait défection, la découverte du pays me procurerait le désagréable sentiment d'être obligée d'entrer par effraction dans ma propre maison parce que les serrures ont été sabotées à mon intention

— On va rentrer, Ndiolé, c'est fini le jus de bissap et les mangues à tous les repas.

— *Ah ! dit le renard... Je pleurerai.*

— Ne sois pas triste.

— *C'est ta faute, dit le petit prince, je ne te souhaitais point de mal, mais tu as voulu que je t'apprivoise...*

— Bon, tu n'auras pas tout perdu, on va faire un dernier tour de pirogue !

— M'en moque.

Pendant la traversée vers l'île de Ngor, Mariama, dont je m'étonne d'apprendre qu'elle n'y est jamais allée, nous invite à lancer des pièces de monnaie dans l'eau, pour rendre hommage à une tradition lébou, l'ethnie de notre grand-mère, nous accostons sur la plage bondée avant d'entrer dans la vaste pièce principale d'une maison contemporaine à la décoration étudiée, matériaux bruts, accueillants canapés colorés dont l'un est surmonté d'un grand tableau d'inspiration plus ou moins cubiste, la pièce est agrémentée d'un espace billard que les garçons et ma fille accaparent, tandis qu'Aminata, Mariama et moi discutons dans le coin salon, on va et vient au gré des possibilités offertes par le lieu et des obligations des uns et des autres, Aminata doit nous quitter pour rejoindre son travail, Mariama et moi passons un moment sur la plage, elle se moque de mon étonnement devant ces baigneurs qui trempent tout habillés et discutent debout dans l'eau sans jamais nager, Djibril et moi nous éclipsons le temps d'un café et d'une cigarette à la terrasse du restaurant d'à côté, où il me confie combien les possibilités de dialogue sont limitées concernant notre père avec qui il n'a jamais parlé plus de cinq minutes, avant d'ajouter ironiquement qu'il exagère car une fois, récemment, il est monté à dix, et qu'enfant, il avait eu si peu affaire à lui qu'il pouvait rester trois jours sans s'apercevoir qu'il n'était pas là, Aïssatou nous rejoint, accompagnée de trois de ses copines de la jeunesse dorée de Dakar avec qui elle vient d'arriver sur l'île, une nouvelle partie de billard s'organise

Regardant ma fille sauter au cou de Djibril, en remerciement de la série de pitreries qu'il vient d'exécuter pour elle, je m'avise, pour la première fois, que l'amour que je n'ai pas reçu de mon père m'a peut-être moins manqué que celui que je n'ai pas eu l'occasion de lui donner, un amour inconditionnel d'enfant, celui avec lequel on cherchera toute sa vie à embrasser le monde, celui à travers lequel on voudrait savoir se regarder soi-même, celui que nous sommes tous destinés à redécouvrir, au terme d'une longue quête, là où il s'est toujours trouvé, dans la salle au trésor de notre palais

Peut-être ai-je néanmoins aimé mon père, ou en tout cas son idée, même s'il s'est avéré tout sauf idéal, sentant, enfant, par un étrange pari pascalien à la sauce maffé, que j'avais plus à gagner qu'à perdre à l'aimer, quel qu'il ait été, parce que l'idée d'un père m'a aidée à grandir, l'idée d'un roi à devenir princesse, parce que nous sommes les figures qui peuplons les fables éternelles tout autant que nos fables intimes, et nous les parcourons, nous les réinventons, jusqu'à devenir nos propres souverains

Et quand j'ai voulu insuffler vie à ce roi qui n'était qu'un songe, allant jusqu'à traverser les mers, obstinément, pour lui faire prendre consistance et que le vide en moi se résorbe et que je prenne consistance, le vieux comédien était trop fatigué pour incarner son rôle, mais déjà j'avais pris consistance, il y a des croisades perdues qui sont gagnées, à restaurer depuis l'enfance, au feutre bleu, l'icône d'un père évanescent

Où a bien pu passer cet amour que je n'ai pas eu l'occasion de donner, est-il reparti dans les limbes, a-t-il résisté, têtu comme ces fleurs des villes, si occupées à laisser couler en elles la vie qu'elles finissent, envers et contre tout, par transpercer les murs ?, et ainsi, il me suffirait d'y puiser pour habiter tout l'univers, tutoyer les montagnes et les rivières, il me suffirait d'y puiser pour me trouver, où que je sois, là où je dois être, et rire,

rire avec les hommes et les femmes, mes frères et mes sœurs ?

En fin d'après-midi, la plage, presque vide, est redevenue celle où ce jeune couple longiligne et souriant a été photographié quarante ans plus tôt, mes indéchiffrables parents que je laisse à leur énigme, les traits de plus en plus délavés par le passage des vagues et bientôt effacés, car nous sommes tous nés d'un père et d'une mère, grâce auxquels nous construisons ce qui nous tient lieu d'identité, mais qui sont destinés, un jour, à n'être plus, dans notre esprit, qu'un conte lointain qu'on raconte encore à ses petits-enfants, tout comme ce que nous croyons être nous-même et qui n'existe pas, tout en existant, sans exister, ainsi en est-il aussi de cette chimère que j'ai poursuivie, créature fabuleuse née de la chèvre, de l'anguille et du lion, capable d'intégrer en son sein une trinité qui jamais ne fut, mais engendrée par la magie des histoires, un monstre désormais assez docile pour me laisser dormir tranquille

Nous ne tarderons pas à monter dans la pirogue pour le retour, demain, l'avion, puis la France, mes frères, ma famille, mon pays, et la distance avec l'Afrique qui s'installera, les liens tissés trop peu et trop tard se déferont rapidement, Aminata cessera brutalement de répondre à mes mails, je reverrai deux ou trois fois Djibril, de passage à Paris, avant qu'il ne s'expatrie lui aussi aux États-Unis pour une carrière plus satisfaisante, Aïssatou continuera à répondre occasionnellement quand je l'appellerai, car la décision de leur père de ne pas donner suite aura raison de la bonne volonté initiale de certains, pourquoi construire un rapprochement quand lui-même s'y refuse, d'autant que, comme Aïssatou me l'expliquera, le niveau d'acceptation à mon égard étant variable selon les frères et sœurs, très faible pour certains, ma présence donnait lieu à de désagréables débats et il était préférable, pour la bonne entente de tous, d'éviter que je devienne *un sujet,* d'ailleurs je manifesterai moi-même une forme de paresse à entretenir la relation, lassée de me trouver en position de solliciter et ayant en partie obtenu réparation au-delà de mes espérances, à moins que ce ne soit tout simplement l'atavisme et que j'aie le même penchant que mon père à négliger les interactions familiales, le fait est que cet inexorable délitement aura pour effet de tous nous réunir, si l'on peut dire, en une fratrie obéissante, assujettie à l'injonction paternelle, quant aux coups de fil avec Ousseynou, avec qui je resterai en contact et qui veillera toujours, en signe d'affection, à m'appeler lui-même une fois par an, ils resteront toujours très chaleureux mais aussi brefs que la langue et notre méconnaissance l'un de l'autre le permettent, et la santé ?, et la famille ?, et les enfants ?, Mariama et moi échangerons régulièrement des photos, je pourrai suivre l'avancement de son album

Ma dernière communication téléphonique avec Monsieur, pour l'informer de notre bon retour en France et le remercier de son accueil ayant duré une minute vingt-deux, le temps pour lui de ne pas prononcer trois mots, je renoncerai définitivement à l'appeler mais, par loyauté envers une petite fille qui s'époumonait seule le soir dans son lit, je continuerai à lui administrer deux cartes postales de rappel par an, une pour lui souhaiter son anniversaire, à laquelle il ne répondra jamais, l'autre pour présenter mes vœux de nouvelle année, accompagnés de mon bon souvenir à sa femme, qu'il lui transmettra curieusement toujours, comme il lui transmettra aussi les deux ou trois lettres que j'enverrai pour donner des nouvelles plus étoffées des enfants, de fait, Adama, la marâtre qui n'en était pas une mais qui était une reine, est celle qui me fera l'amitié de décrocher régulièrement son téléphone pour prendre de mes nouvelles

Un jour, on m'apprendra la mort de mon père, c'est sans doute Aïssatou qui appellera et, par ce geste de me prévenir, sera définitivement validée, sans l'être, ma filiation, je ne pourrai pas m'empêcher de me demander si, au moment de peser son âme et de la rendre, il aura eu une pensée pour l'enfant qu'il n'aura jamais su admettre, s'il aura exhalé un dernier remords, un premier regret, j'irai rejoindre ma petite Ndiolé, comme souvent, là où le temps n'existe pas, je lui annoncerai la nouvelle, elle sera triste et inquiète, je caresserai sa joue, je la rassurerai d'un baiser, nous nous réconforterons l'une l'autre, elle voudra que je la porte, je le ferai, elle voudra acheter des bonbons, on trouvera des roudoudous, elle me tendra mon cahier d'écriture, je lui inventerai une histoire de princesse et de grand méchant loup, nous construirons des châteaux de sable, nous chausserons nos jambes de géante, nous marcherons au centre des mystères, et pour le Fanta, on verra ça

Remerciements

Merci à Emmanuelle et Philippe Aronson pour leur amitié et leur indéfectible soutien.

Merci à Catherine Nabokov.

Merci à Alice d'Andigné, Manuel Carcassonne, Mélie Chen et toute l'équipe de Stock.

Merci à Christine Plantec, Perrine Griselin, Florence Herrlemann, Lucile Vannier, Gregory Messina, Marie-Jo Bessière, Nadia Foucher et la Team Condorcet.

Merci à ma mère, et à mes enfants, pour toutes nos histoires du soir.

Cet ouvrage a été composé
par SoftOffice(38)
et achevé d'imprimer en France
par CPI BRODARD & TAUPIN (72200 La Flèche)
pour le compte des Éditions Stock
21, rue du Montparnasse, 75006 Paris
en juillet 2022

PAPIER À BASE DE FIBRES CERTIFIÉES

Stock s'engage pour l'environnement en réduisant l'empreinte carbone de ses livres. Celle de cet exemplaire est de :
950 g éq. CO_2
Rendez-vous sur www.editions-stock-durable.fr

Imprimé en France

Dépôt légal : août 2022
N° d'édition : 01 - N° d'impression : 3048838
60-51-6542/3